草凪 優

地獄のセックスギャング

実業之日本社

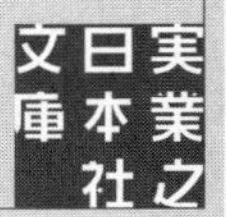

目次

プロローグ

暗い廊下の突きあたりに、目指す部屋はあった。

マンションの一室内にある廊下だ。じっとりした不快な湿気が体中にまとわりつき、首筋に汗をかかせる。野暮ったくも扇情的なユーロビートが大音響で鳴り響いているのは、個室からもれる声や気配を遮断するためだろう。

ここは上野（うえの）にある闇マンヘルだ。

マンションの一室で営業している、非合法のファッション・ヘルス。その手の店はエステやマッサージの看板を掲げ、アジア系の出稼ぎ女が働いていることが多いが、ここは純粋な日本人ばかり。しかもS級美女が揃（そろ）っているので、風俗マニアに人気が高い。

ハルヤマコージは突きあたりの部屋の前に立ち、深呼吸をした。恐怖に足がすくみそうだったが、それを認めるわけにはいかなかった。俺はビビッてない、俺はビビッてない、俺はビビッてない——口の中で呪文のように繰り返し、ノックもせず勢いよく扉を開けた。

部屋の中も暗かった。パソコンモニターの光によって、かろうじて視界が保てている。どういうわけか、本来なら歓楽街の屋上にあるような赤や緑のネオン管が、バチバチと音をたてて火花を散らしていた。

コージは闇に眼を凝らし、眉をひそめる。

床に人間が転がっていた。口にはガムテープで猿轡。両手は背中にまわされ、結束バンドで縛られている。足も同様だ。

その傍らにしゃがんでいた男が、不思議そうな顔でこちらを見上げた。蠅がたかりそうなドレッドヘア——髪型は変わっていたが、間違いない。

男の名は堂本。不潔な髪型をしていても、マスクは整っている。巡りあいが悪くなければ、タレントとして活躍していたかもしれない。もっとも、いまの眼つきでカメラの前に立ったら放送事故だ。凄んでいるわけでもないのに、眼球が飛びだしそうなほど眼を見開き、白眼が異様に血走っている。

「なんだテメエは？」

「話がある」

コージは部屋の中に足を踏みだし、後ろ手で扉を閉めた。

「話だって？」

堂本は訳がわからないという顔で首を振った。コージのことは覚えていないようだった。堂本にとっては、二年も前に女を寝取った男の顔など記憶するに価しないのだろう。盛り場の闇に棲息し、女の生き血を吸うことを生業にしているクズ野郎だ。

「見てわかるよな？」

堂本は眼だけをギラつかせながら薄汚い笑みを浮かべた。

「俺はいま忙しい。話ならちょっと待ってろ」

言うや否や、床に転がされている男の指を折った。廊下同様、部屋の中にも大音響でユーロビートが鳴り響いていたが、「うごっ！」という悲鳴が聞こえた。猿轡をされていなければ、絶叫が耳をつんざいたはずだ。

「こいつはよ、ＡＶのスカウトなんだ……」

堂本はコージに目配せしながら言った。

「なにをトチ狂ったか、俺の店から女を抜こうとしやがった。命知らずは立派な心がけだが、悪さってやつは相手を見てやらないとな。死ぬよりむごい目に遭うことがある……」

言いながら、男の指を折っていった。二本、三本……折られている男は、拘束されている体を針で突かれた芋虫のように暴れさせた。「うごっ！　うごっ！」と悲鳴をあげながらコージを見て、助けを求めるように涙を流す。コージは眼をそらした。残念ながら、あんたを助けにきたわけじゃない。

「手の指を全部折ったら、今度は足だ」

堂本は右手に鉄製のハンマーをつかんだ。

「こいつで両膝の皿を叩き割る。足首も複雑骨折、念のため肘や肩の骨も砕く。こいつはまったく動けなくなる。それからどうすると思う？」

知ったことか、とコージは肩をくすめた。

「山に連れてって鳥の餌だ。言い方を変えれば鳥葬だな。チベットあたりじゃ、いまもやってるらしい。連中のほうが俺たちより動物愛護精神ってやつをもちあわせてるってわけさ。死者の肉を無駄にしないで、鳥に分け与える。俺も見習うことにした……ただしこいつは、生きたまま鳥に食われる」

堂本はゲラゲラ笑いながら、指を折られた男の鼻先に鈍色に光るハンマーを突きつけた。男が恐怖に眼を見開く。いまにも眼尻が切れそうだ。その頬を、ハンマーがゆっくりと撫でまわす。

「鳥の餌になりたくないなら……」

堂本が低く声を絞った。

「詫びを入れる道も、いまならまだ残ってる。おまえを雇ってるAVメーカーは、おまえの命にいくら出す？　あんまり期待できそうにねえが、会社がダメなら実家を頼れ。老後のためにたんまり溜めこんでるんじゃねえか？　持ち家を処分するっていうなら、それでもいい。テメエがボンクラなのは、テメエのせいじゃない。生んだ親に責任があるんだから、遠慮なく泣きつけばいい」

「おい……」

コージは腹から抜いたベレッタを堂本に向けた。こんな頭のイカれた野郎に、話をしても無駄な気がした。

「悪いが、こっちも暇じゃない。これ以上、待つことはできない。マリアを貰っていく」

銃口を向けられて、堂本の顔色は変わった。

「……テメエもスカウトの一味か？」

「その男は関係ない。マリアはもともと俺の女だった。二年前、あんたに一方的にさらわれた……」

堂本はしばらく眼を泳がせてから、「ははーん」とうなずいた。

「思いだしたぞ。あのときのヘタレチンカスか。俺の顔を見て、ビビッてなにも言えなくなった……それどころか、座り小便まで漏らしてたじゃねえか。そのヘタレが、オモチャのピストル持ってなにイキがってやがる?」

コージに動揺はなかった。心臓は狂ったように暴れまわっていたが、ビビッてもいない。右手にずっしりと重量感を伝えてくるベレッタが、気持ちを落ち着かせてくれる。堂本の与太話をスルーし、引き金を引いた。

ズドンッ!

フィリピン製のコピーだが、ベレッタは激しい爆裂音を鳴らして極彩色のネオン管を粉々に砕いた。堂本は驚いて腰を抜かしている。コージは一歩前に出て、白煙を吐いている銃口を堂本に向けた。額に狙いを定めて、引き金を絞る。

「まっ、待てっ……」

堂本はさすがに焦りまくって、腰を抜かしたまま後退(あとずさ)った。割れたネオン管を尻で踏んで、「ぎゃっ!」と悲鳴をあげる。

「チャンスをやる」

コージはもう一歩前に出た。

「おまえが持ってるハンマーで、自慢のマスクをボコボコにしろ。テメエが食い物にしてきた女たちに懺悔しながらな……」

堂本の顔面は蒼白だった。紙のように真っ白だ。完全にビビッている。気持ちがいい。

「まず天狗みたいに伸びた鼻を折れ。目ん玉が飛びだすまで、ハンマーを振るえ。頭蓋骨が見えたのを確認したら、俺はマリアを連れてここから出ていく。運がよけりゃあ助かるさ。助かったらな、ボランティアで街中のゴミを拾って歩くんだ。謙虚な男に生まれ変わって、世のため人のために奉仕しろ」

「……なにがボランティアだ、この野郎」

堂本の眼に狂気が宿る。ハンマーを振りかぶり、こちらに向かって投げてこようとした。もちろん、そんなことはさせなかった。

コージは引き金を引いた。ズドンという音とともに、堂本の顔が吹っ飛んだ。もう一発、トドメの弾丸を撃ちこんだ。一発目は自分の誇りを取り戻すため、二発目は世話になったマリアからのお礼だ。

足元にドス黒い血がひろがっていく。クズ野郎は血まで汚いらしい。

指を折られた男がゴキブリのように床を這いまわり、物陰に隠れようとしている。

その滑稽な動きを見て我に返ったコージは、部屋の中を物色しはじめた。自分の人生が一変した実感があった。ビビらず引き金を引けたことには満足していたが、ここから先は逃亡者だ。金がいる。

机の上に鍵のかかっていない金庫があった。蓋を開け、プラスチックの小銭ケースもどけると、札が見えた。千円札、五千円札、一万円札……ざっくり三十万というところか。いささか心許ないが、ないよりはいい。束ねられていないそれを鷲づかみにしようとしたが、手が震えてうまくつかめなかった。ビビッているわけではない。手に発砲の衝撃が残っているだけだ。

ポケットに入りそうもなかったので、入れものを探した。鞄があった。黒革張りのアタッシュケースだ。中に入っていた雑誌や煙草を床に放りだし、金庫を逆さにして札をぶちまけた。

部屋を飛びだすと人がいた。大音響のユーロビートも、さすがに銃声までは遮断してくれなかったらしい。怯えた顔の女、黒服のスタッフ……ベレッタを向けると、悲鳴をあげて近くの個室に逃げこんでいく。

　コージは元いた個室のカーテンを開けた。マリアは膝を抱えてベッドの上に座っていた。ピンクのベビードールではなく、チェックのワンピース姿だ。私服に着替えておくよう、先ほど言い伝えてあった。

「逃げるぞ！」

　コージはマリアに身を寄せ、右手に握りしめていたベレッタを見せた。

「堂本を殺した。借りはきっちり返してやった。おまえはもう自由だ」

　拳銃を見たマリアは、怯えたように息を呑んだ。

「もう一度……言って」

「おまえはもう自由だ」

「そうじゃない。その前の……」

「堂本を殺した。おまえのぶんと俺のぶん、きっちり弾丸を顔面にぶちこんでやった」

　マリアが眉根を寄せていく。震える唇から声は出ない。嫌な沈黙が、コージを一瞬、不安にした。

「なっ、なんだよ？　あんなクズ野郎は地獄に堕ちて当然だ。殺すのが遅すぎたくらいだ。まさか文句あるのか？」

さすがに殺したのはやりすぎだったろうか？

マリアに引かれてしまったか？

心配は無用だった。

マリアは胆の据わった最高の女だった。

「そうじゃない」

うっとりと眼を細めてコージを見た。

「殺しちゃうなんて、カッコいい……」

蕩けるような甘いキスを与えてくれたマリアを、コージは骨が軋むほど抱きしめた。

第一章　夢見るナンバーワン

1

御徒町(おかちまち)にあるマンションの一室で、コージは電話をかけている。ワンルームの殺風景な部屋だ。灰色のデスクが四つ、向きあう形で島がつくられ、それ以外に調度らしい調度はなにもない。

「もしもし、私、浅草(あさくさ)警察署の山本(やまもと)というものですが……ええ、はい。交通課の山本です。実はお宅のご主人が事故を起こしましてね、いま現場検証を行なっているのですが……はっ？　振り込め詐欺(さぎ)？　いったいなんのことだか……いやいや、ちょっと待って。浅草署の山本だと言ってるじゃ……」

電話は一方的に切られ、ツツーッ、ツツーッ、という発信音が聞こえてくる。

コージが舌打ちをして電話を切っても、こちらを気にする者はいない。デスクについた四人の「かけ子」は全員上半身裸だった。まるでなにかの修業のように、必死の形相で嘘八百をまくしたてている。不首尾で電話を切られると、懲罰が待っているからだ。

ビシッ、と背中を竹刀で打たれ、

「ぐっ……」

コージは歯を食いしばった。

ここは、振り込め詐欺グループのアジトだ。「かけ子」とは、ターゲットに電話をかけ、言葉巧みに金を用意させる役割である。普段は上半身裸でもなければ、背中に竹刀が飛んでくることもないのだが、今月は強化月間とかで、いつもの二倍の額を騙しとらなければならないらしい。

「ちょっと来い」

番頭の犬飼に耳をつかまれ、コージは玄関口まで引っ張っていかれた。

「テメエ、最近ぶったるんでるんじゃねえか？」

眉間に深い皺を寄せて睨んだきた犬飼は、暴力団の準構成員だ。年は三十二、三。いい年をして振り込め詐欺の仕切りを任されているようでは、組の中での立場は知れている。うだつのあがらないストレスを「かけ子」にぶつけるしか能がない。

「あっさり電話を切られやがって、何年この仕事やってんだ？」

「そう言われても……」

コージは力なく首を振った。

「闇雲に電話をかけて金を用意させるやり方は、もう通用しませんよ。個人情報……せめて名前がわかっていないと、向こうも警戒しますから……名簿屋はなにをやって……ぐぐっ！」

乳首をひねりあげられ、コージの顔は歪んだ。若いころ空手をやっていたという犬飼は、指の力が異様に強い。『空手バカ一代』を読んで大山倍達に憧れ、親指と人差し指と薬指の三本で、十円玉を折り曲げる練習をしていたという。結局、できなかったらしいが。

「ぶったるんでるから、そうやってなんでも人のせいにするんだ。どんな状況でも知恵を絞って結果を出す、そういう根性がなくてどうする」

「やっ、やめてくださいっ……乳首がっ……乳首がちぎれるっ……」

「ハッ、なに女みたいな声出してるんだ」

犬飼がサディスティックに笑う。

「これ以上ぶったるんでると、今度はラジオペンチでやるからな。乳首を両方ともちぎりとってやる。女に乳首を舐(な)めてもらえなくなったら、オマンコすんのがつまらねえぜ。わかってんのか、この薄ら馬鹿っ！」

鳩尾(みぞおち)を蹴りあげられてうずくまると、背中にたっぷりと竹刀を背負わされた。ビシッ、バシッ、と叩く音が、「かけ子」のいるデスクの方まで響いていき、上半身裸の男たちに脂汗をかかせる。

要するに見せしめだ。

コージは、このアジトでいちばんの古株なのに、いつだってそういう損な役まわりを押しつけられる。乳首をひねりあげられたり、背中に竹刀を背負わされるくらいはまだマシなほうだ。一度、顔面に殺虫剤をしこたまかけられ、死ぬかと思ったこともある。

結局、コージはその日、不首尾に終わった。

帰り際、犬飼に睨みつけられたが、コージは開き直っていた。睨み返したりはしなかったが、ペンチで乳首をちぎりとるというのなら、とればいいと思った。もちろん、黙って性感帯を奪われるつもりはない。コージの乳首はとびきり敏感で、女に舐められることを無上の悦びだと思っている。それをちぎりとるというのなら、いままで溜めに溜めこんだ恨みを含め、きっちりと反撃してやるつもりだった。今日という今日はブチキレて震えあがらせてやろうと思ったが、犬飼は声をかけてこなかった。コージは背中を丸め、そそくさと部屋を出た。

「おーい、コージくん……」

アメ横の雑踏を歩いていると後ろから声をかけられた。同僚の中瀬古だった。四十がらみの、禿げ散らかした冴えない男だ。元介護職員だという。さぞや年寄りの扱いに長けているだろうと期待されたが、まわりの人間に小銭をたかることしか能のないポンコツだった。

「今日は災難だったね。犬飼さん、虫の居所が悪かったんだよ」

コージは苦笑まじりに溜息をついた。犬飼はいつだって虫の居所が悪い。問題は、中瀬古のような本物の馬鹿には決して手をあげないことだ。弱い者いじめをすると、逃げだして密告される恐れがあるからである。

「犬飼さんも大変みたいですよ……」

中瀬古がしみじみした口調で言った。

「なんでも、この前組の事務所に呼ばれて、売上が悪いってシメられたらしいんです。全裸でブラ下がり健康器に逆さ吊りにされて一時間……しまいには、チン毛をライターで焼かれたっていいますから、やくざって本当に怖いですね」

コージは黙っている。もはや溜息も出てこない。嘘か本当か、犬飼はその手の話をポンコツ系の手下に吹きこむのが大好きだ。

「ねえ、コージくん。クサクサした気分のときは飲むしかないですよ。ちょっとその辺の赤提灯に寄っていきませんか？　私は今日、あんまり持ちあわせがないんですが……」

「悪いけどこれから予定があるんだ」

捨て犬のような情けない顔をしている中瀬古を振りきり、コージは早足で雑踏にまぎれこんでいった。

腹に冷たい鉄の塊を感じていた。一週間ほど前、不良フィリピン人から買ったベレッタだ。買って以来、肌身離さず持っている。上半身裸で電話をしているときにも、靴下の中に突っこんであった。

なにかあったとき、犬飼を脅すためだ。

やつが極道の兄貴分にシメられていようがいまいが関係ない。いくら士気をあげるためとはいえ、このところのやり方は眼に余る。コージは「かけ子」になって約二年、犬飼の下で危ない橋を渡りつづけた。最近は低迷しているとはいえ、ボロ儲(もう)けをしたことだってあるのだ。

「おまえは最高の弟分だよ。俺が組から盃(さかずき)を貰ったら、正式に兄弟分になろうじゃないか」

酔った犬飼にそんなことを言われたこともあった。やくざになる気はなかったので兄弟分の話は丁重に断ったが、言われたこと自体は嬉(うれ)しかった。

にもかかわらず、これ以上見せしめにしようというのなら、もう黙っていられない。世の中には、窮鼠猫(きゅうそねこ)を嚙(か)むという事態もあり得ることを、思い知ってもらうまでだ。

とはいえ……。

心の中でいくら威勢がよくても、結局自分は犬飼に逆らえないだろうと思った。やつが怖いというより、コージがビビりなのだ。暴力の匂いを漂わせて威嚇(いかく)してくる相手には、決して逆らえない……。

そんな自分に何度も絶望しかけたが、この一週間はいい感じだった。もちろん、ベレッタのおかげだ。こいつを常に携帯していることで、気持ちに余裕ができた。さっきだって、やれるもんならやってみろ、と開き直ることができた。実際に引き金を引くことがなくても、こいつさえ持っていれば……。

2

御徒町のアジトから、目当ての上野のマンションまでは、歩いて十分とかからなかった。

界隈(かいわい)では知らぬ者がいない違法風俗マンション——見た目は普通のマンションなのだが、約百戸のうち半分以上がその手の店で、残りはやくざの事務所、不法滞在者用のドミトリー、密輸貿易の拠点などで、要するにまともな住人はひとりもいない。

韓国エステ、香港(ホンコン)エステ、台湾マッサージ、タイ式マッサージ……アジア系の店が大半だが、最近は旧ソビエト圏や東欧からはるばる日本にやってきている女も多いと聞く。金次第では本番がOKなところも……。

もっとも、コージは外国人には興味がなく、日本人がいる店にしか行かない。

この違法風俗マンションには、日本人のＳ級美女ばかり揃えた闇マンヘルがいくつかある。行政に許可をとらずに営業しているのは経営者の都合だが、闇風俗で春をひさぐのは女の都合である。闇金で金をつまみすぎてカタに嵌められたなど、訳ありの女が集まっているのだろうが、ユーザーにそんなことは関係ない。ジャパンスペシャルのＳ級美女と戯れて、積もり積もった鬱憤やストレスを解消できればそれでいい。

エントランスで部屋番号を押した。初めての店だったが番号はあらかじめネットで調べてあった。予約はないが遊びたいと言うと、オートロックの扉が開いた。エレベーターに乗り、店のある四階のボタンを押そうとすると、煙草を押しつけられて文字が消えていた。民度の低さに苦笑がもれる。

呼び鈴を押すと、異様に顔色の悪い男が扉を開けて中に通してくれた。土気色というより、青黒い。暗くてよくわからなかったが、部屋の中は広そうだった。サウナ並みの湿気と、大音響のユーロビートに閉口しそうになる。

「少々お待ちください」

二畳ほどしかない、狭苦しい個室に通された。緞帳のように厚みのある、黒いカーテンで仕切られている。顔色の悪い男は、女の写真も見せず、好みのタイプさえ訊かなかった。任せておけ、というわけだ。

そういうやり方が、コージは嫌いではなかった。たとえば、ラーメン屋のくせに十も二十もメニューがある店は疲れてしまう。ラーメン屋なら、自慢の一杯を黙って出してくれればいい。トッピングだの味の微調整だの、そんなせせこましいサービスで喜ぶのは、女子供か田舎者だ。

ベッドに横になった。

公園のベンチさながらに硬く、敷かれたタオルは半乾きの洗濯もののように湿っぽかったが、そんなことより、壁の貼り紙が眼を惹いた。

——本番行為には罰金百万円が科せられます。

威嚇的な内容なのに、可愛らしい丸文字で書かれているのがおかしい。

通常、「ヘルス」と銘打っている店では本番行為がNGだ。性器の結合はダメで、フェラチオや素股で射精する。とはいえ、ここは存在自体が「闇」なのだ。法律の外で商いをしているくせに、罰金とは笑止千万、どうせ一万円も上乗せすればやらせてくれるのだろうと乾いた笑みがもれる。

「失礼します」

カーテンの外から女の声が聞こえてきた。キイが高くて甘ったるいアニメ声だった。萌えにもアキバにもメイドカフェにも興味がないが、アニメ声の女は嫌いではなかった。コージは飛び起きるように上体を起こし、ベッドの上であぐらをかいた。

カーテンが開き、女が入ってくる。

ピンクのベビードールを着ていた。透ける素材でできていて、股間にぴっちりと食いこんだパンティが見えている。パンティは白のハイレグだった。ゴキゲンだ。白いパンティも大好物である。

暗かったので顔は確認できず、眼を凝らす前に後ろを向かれてしまった。

「先にシャワーお願いします」

マンション・ヘルスなのに、各個室に簡易シャワーがついているようだった。なかなかゴージャスだ。女はアコーデオン式の扉を開け、湯を出した。元より湿っぽい空気の中、白い湯気がもうもうと立ちこめてくる。

コージは女の尻に視線を奪われながら立ちあがった。Tバックもセクシーだが、丸々とした桃尻がたまらない。尻はでかすぎても小さすぎても興醒めだ。果実のように丸いのがいちばんいい。

「シャワーはひとりで浴びてくださいね。服は脱がせますか？」

「いや……」

コージは女の手からプラスチック製の籠を奪い、さっと背中を向けた。

「服くらい、自分で脱げるさ」

脱がせてもらうわけにはいかなかった。シャツを脱いで籠に入れてから、腹に差していたベレッタをその下に隠した。ズボンとブリーフ、靴下も脱いで全裸になった。

コージが向き直ったとき、女はたしかに笑顔を浮かべていた。見知らぬ男がいきなり全裸になったのだから、照れ笑いでも浮かべなければやってられないのだろう。愛想も愛嬌も及第点だったが、その顔はすぐに、凍りついたように固まった。

もっとも、コージの顔は彼女以上にひきつっていただろう。一瞬、瞬きも呼吸も忘れ、女の顔を見入ってしまった。

「……マリアじゃないか」

女はあわてて両手で顔を隠した。そんなことをしたところで、隠しきれるわけがなかった。顔を隠したということは、むしろ図星であることを証明しているようなものだ。

「マリアだろ？　マリアなんだな？　こんなところでなにをやってる？」

コージは彼女の両手をつかんで顔をのぞきこんだ。いまにも泣きだしてしまいそうだったが、彼女はたしかにかつての恋人だった。二年前、他の男に寝取られた……。

3

二年前——。

コージはいまよりずっと楽しく生きていた。

詐欺の片棒を担ぐこともなく、風俗通いでストレス解消することもなく、もちろん物騒な鉄の塊だって腹に差していなかった。雇われのバーテンダーで金はそれほどなかったけれど、未来に対して夢も希望もたっぷりあった。

マリアがいたからだ。

知りあったとき、コージは二十三歳で、マリアは二十歳だった。

最初、彼女は客としてコージの前に現れた。Tシャツにジーンズという飾らない格好で、キャップを目深に被(かぶ)っていても、美人であることはすぐにわかった。

よく見ると、ネックレスや時計や指輪など、身に着けているものが高価そうだった。芸能人がお忍びでやってきたのかと思った。

もちろん、そんなことはあり得ない。

コージの働いていた店は、六本木(ろっぽんぎ)の裏通りにあった。通行人の少ない暗い路地裏に建っているエレベーターのない雑居ビルの五階で、カウンター席に七人しか座れない狭くて薄汚い店だった。オーナーが税金対策でやっているから、コージのような若者ひとりに任せ、利益なんてまるで期待されていなかった。そういう自堕落な店で自堕落に働く生活を、当時のコージはけっこう気に入っていた。

朝の六時まで営業していることだけが売りだったので、はしゃぎすぎた後悔を背中に乗せている疲れきったおっさんばかりが客だった。誰も彼もが口をきくのも面倒くさいという顔をして、ジャズを聞きながら黙々とハードリカーを飲んでいた。

マリアも静かな客だった。ひとりでやってきて、よく文庫本を読んでいた。スマホではなく文庫本というのが、なんとなくカッコよかった。

そのうち、近所のキャバクラで働いていることがわかったので、一度行ってみることにした。べつに深い意味はない。よく足を運んでもらう同業者の店には、たまには顔を出すのが業界のマナーなのだ。

とはいえ、コージの店とキャバクラでは客単価がまるで違う。おまけにマリアの働いていた店はかなりの高級店だったので、ミニマムの一時間だけで帰ろうと心に決めて入った。

「来てくれたんですか！」

甲高いアニメ声をはじけさせて登場したマリアを見て、コージは腰が抜けるほど驚いた。栗(くり)色の髪をアップにセットし、真っ赤なミニドレスに身を包んだ彼女は、押しも押されもしないその店のナンバーワンだった。黒服に耳打ちされなくても、見ればわかった。大箱の店だったので、フロアにはゆうに二十人以上のキャバクラ嬢がいたが、群を抜いて美人だった。

整った顔立ちも色の白さも素晴らしく、ドレスが露(あら)わにしているボディラインはセクシーで、立ち居振る舞いはエレガント。美人であることは知っていたが、あまりの麗しさに圧倒された。コージは着古したよれよれのシャツで来店してしまったことを後悔した。

「こっちで見ると別人だね」

「そりゃあ仕事ですから」

ニコニコと笑いながら水割りをつくってくれた彼女は、美しさだけではなく、口調や態度まで別人のようだった。コージの店で酒をオーダーするときより、声は一オクターブも高く、驚くほど気さくだった。

「これからお店ですか？」

「うちはオープンが遅いから」

「朝までやってますもんね。常連さんに教えてもらったんですけど、あのお店大好き。本当は毎日行きたいくらい」

キャッキャとはしゃぎ声さえあげそうな態度に戸惑い、

「あなた、もっと静かな人かと思ったけど……」

つい言ってしまった。

「それも仕事です。素でいると無口なほうなんです。ってゆーか、暗い。知ってるでしょう？　いつもひとりで暗い顔して飲んでるじゃないですか」

「べつに……暗いとは思わないけど……」

「暗いんですよ。だから本当はこのお仕事も向いてないの。でもちょっと事情があって、お金がいるから……」

彼女は北海道の出身で、父親は牛糞(ぎゅうふん)を使った再生エネルギーの研究をしていたらしい。だが、成果があがらず事業は失敗、多大な借金をつくってしまった。そこでマリアがひと肌脱いで、家族の生活費を稼ぐために上京してきた。とはいえ、最近ようやく父親も再起の道を歩きだしたので、一年以内には水商売をあがる予定だという。

コージは、マリアがキャバクラ嬢に向いていないとは思わなかった。六本木の街では水商売の女とよくすれ違うが、彼女ほど綺麗(きれい)な女は見たことがない。本気で十年くらい勤めあげれば、大草原にお城のような大豪邸が建つのではないかと思ったくらいだ。

それからも、マリアはよくコージの店に足を運んでくれた。コージは次第にマリアのことを異性として意識しはじめたが、告白しても相手にされないだろうと思った。なにしろ相手はナンバーワンだ。金持ちやイケメンからの誘いが、引きも切らないだろう。

だが、この世には奇跡が起こるときがある。

ふたりが付き合うようになったきっかけは、停電だった。

台風の日で、午前三時に店のある一角がすべて真っ暗になった。客はマリアひとりしかいなかった。コージはタクシーを呼んでマリアを帰そうとしたが、マリアは拒んだ。

「わたし、昔から台風ってわくわくしちゃうんですよね。こういうときこそ楽しまないと損、みたいな」

自宅用に買ってきたというアロマキャンドルを鞄から出し、火をつけてカウンターに並べた。停電では客など来るわけないので、コージも隣に座って飲んだ。ジャズの音もない静かで暗い空間の中、キャンドルの灯り(あか)を眺めながら飲んでいると、次第におかしな気分になっていった。横を見れば、美しい横顔がある。マリアは珍しく、キャップを脱いで長い巻き髪をおろしていた。キャンドルの灯りは、女の顔をいつも以上にセクシーに見せる。

エアコンも停(と)まってしまったので、店内はじわじわと蒸し暑くなっていった。ぴったりしたTシャツを着たマリアの体から、甘い汗の匂いが漂ってきた。それに吸い寄せられるように、コージは身を寄せていった。気がつけば、キスをしていた。

マリアは拒まなかった。それどころか、自分から積極的にコージの首に両手をまわし、舌をむさぼってきた。

どうしてこんな綺麗な女が……と普段なら戸惑ったことだろう。しかし、外は台風で、深夜の停電という非日常的なシチュエーションが、コージを本能のままに振る舞わせた。マリアの体からTシャツを脱がせ、ブラジャーも奪って、汗まみれの乳房にむしゃぶりつき……。

「ああんっ！」

静かな店内に、マリアの甲高い声はよく響いた。その声に煽られるように乳首を口に含めば、コージは脳味噌が沸騰しそうなほど興奮していった。

十八歳からバーテンダーとして店を転々としてきたコージは、それなりに女に困らない生活を送っていた。

とはいえ、体を重ねた女の内訳は、セックスレスに悩んでいる人妻、恋人に浮気されて自棄になっているキャリアウーマン、シングルマザーの荒んだホステスなどで、恋愛感情を伴うセックスとは無縁だった。

そのことを悲嘆することもなかったけれど、マリアが店に来るようになってからは、恋人が欲しいと思うようになった。マリアほどの美人でなくてもいいから、ラブラブムードというものを味わってみたいと……。

「ねえ、もう欲しい……」

マリアは大胆にも自分から求めてきた。

スツールから立ちあがり、ジーンズとパンティを脱いだ。素っ裸にピンクベージュのハイヒールだけ履いて、丸々とした尻を突きだしてきた。エッチな体つきだった。服の上からでもわかったけれど、凹凸に富んだ見事なスタイルをしていた。

コージも服を脱いで全裸になった。非日常どころか、これが現実のことだとはとても思えなかった。夢ならもう少しだけ覚めないでほしかった。夢だと思って、好き放題に振る舞ってやろうと決めたからだった。

ペニスは痛いくらいに硬くなり、臍（へそ）を叩く勢いでそそり勃（た）っていた。もぎたての果実のように丸々としたマリアの尻を撫でまわし、桃割れに指を忍びこませていけば、じっとりした湿り気が指にからみついてきた。すでに濡（ぬ）れているようだった。コージは両手で尻の双丘をつかみ、桃割れをぐっとひろげて舌を使った。

「やめて……シャワー浴びてないから恥ずかしい……」

マリアは身をよじって羞（は）じらったが、コージはかまわずに舐めまわした。マリアの花はたっぷりと蜜をたたえ、この世のものとは思えないほど美味だった。美人はこんなところまでおいしいのかと唖然（あぜん）とすると同時に、相性のよさを確信した。クンニに義務感を覚える女とは、長く続かない。味や匂いに違和感を覚える女もそうだ。逆に、相性のいい女はいくらでも舐めていられる。舐めていることに陶然としてくる。

とはいえ、ファーストコンタクトで店の中で立ったまま、というシチュエーションで、延々と舐めていることは難しかった。いくらでも舐めていられると思う反面、彼女と繋（つな）がりたくていても立ってもいられなくなってしまった。

「いくよ……」

立ちあがって、彼女の尻に腰を寄せていった。ペニスの根元を握りしめ、切っ先で割れ目をなぞりあげると、性器と性器がいやらしくすべった。コージは狙いを定めて、腰を前に送りだした。マリアの中は熱かった。ずぶずぶと侵入していくと、熱く蕩けるような肉ひだがカリのくびれにねっとりとからみついてきた。

「あああああーっ！」

根元まで埋めこむとマリアはひときわ甲高い声をあげ、首をひねって振り返った。求められるがままに、コージはキスをした。音をたてて舌をからめあいながら、やっぱり俺たちは相性がいい、と胸底でつぶやいた。結合しただけで、眼も眩（くら）むような陶酔が訪れた。まだ動いてもいないのに、射精してしまいそうだった。

気持ちよすぎて、動きだすのが怖いとすら思った。そんな女は、後にも先にもマリアだけだった。

しばらくの間、熱いキスを続けた。後ろから双乳を揉(も)みしだいたり、乳首をいじったりもしたが、もちろん、いつまでも腰に仕事をさせないわけにはいかなかった。

動きだした瞬間、頭の中が真っ白になった。

これが本物のセックスなら、いままでしてきたものはすべて偽物だと思ってしまった。

4

なんだかキツネにつままれた気分だった。

コージはたしかにマリアを抱いた。陶酔の果てに爆発的な射精を果たしたし、彼女もオルガスムスに達していた。

しかし、現実感がまるでわかず、夢の中の出来事のような気がしてならなかった。一日、二日、と時間が経(た)つほどに、そういう感覚は強まっていった。

セックスに言葉はいらないが、そこに至るまでのプロセスでは、言葉のやりとりは重要なのかもしれない。好きとか愛しているとか付き合ってくださいとか、告白めいたことを言い、それにうなずいてもらったわけではないので、現実感が伴わないのだ。遊ばれただけなんだろうな、という淋（さび）しい気持ちが心にぽっかりと穴を開け、冷たい風が吹き抜けていく。

人間には性欲というものがある。マリアがいくら美人でも、三大欲求からは逃れられない。相手なんて誰でもかまわないから、一発やりたい夜があってもおかしくない。とくにあの日は台風が来ていた。気圧の変化とハードリカーの組み合わせが、理性的な判断を吹っ飛ばしてしまったのかもしれない。

つまり、欲求不満の解消に利用されたわけだ。

よくある話である。バーテンダーなどしていれば、月に一度はそんな機会が巡ってくる。いままではむしろ、それをありがたく頂戴していたのだ。

なのに淋しくてしかたがなかった。

コージは客がいなくなると、マリアが愛飲しているアガベ一〇〇パーセントのテキーラをひとりで飲んだ。いちおうラインは交換してあったけれど、自分から連絡する気にはなれなかった。彼女がこのまま二度と店に顔を出さなければ、遊ばれたことは確定だ——そう思いながら飲むテキーラは、やけにしょっぱい味がした。

一週間が経った。

その日は珍しく混んでいて、深夜の三時を過ぎても、七つあるカウンター席がすべて埋まっていた。

ドアが開いた。

「すいません。いまいっぱいで……」

カウンターの中で振り返ったコージは、一瞬言葉を継げなくなった。

マリアがそこに立っていたからだ。キャップにTシャツにデニムパンツ。いつも通りの格好で、いつも通りに美しかった。店内をゆるりと見渡すと、どういうわけかカウンターの中に入ってきた。

「……なっ、なんだよ？」

焦ったコージは、客に背中を向けて耳打ちした。また店にやってきてくれたことは、涙が出そうなほど嬉しかったが、満席では対応のしようがない。

「手伝うわよ」

マリアは平然と言い放った。さすがに客に背中を向けていたが。

「手伝う？　なんで？」

「だってわたし、コージくんの彼女でしょ」

他の客に聞こえないように声をひそめていたが、コージの耳にはしっかりと届いた。

「連絡ずっと待ってたのに……やり逃げなんて、男のすることじゃないですからね」

マリアはコージの腕を軽くつねると、客に向き直り、

「お酒つくりましょうか？」

グラスが空きそうだった中年男に向かって言った。カジュアルな格好でキャップを目深に被っていても、彼女は超絶美人でスタイル抜群のナンバーワン・キャバクラ嬢だった。その可愛らしいアニメ声と輝くようなスマイルに中年男は眼尻を垂らし、残っていた酒を飲み干した。七席を埋めている客はすべて男ばかりだったので、全員が競うようにグラスを空にしていく。

「水割りおかわり」

「俺、バーボンのソーダ割りね」

いったいどういうことなんだ？

てきぱきと酒をつくっていくマリアを尻目に、コージは呆然と立ち尽くしていた。

マリアは「コージくんの彼女」と言った。「やり逃げなんて、男のすることじゃない」とも。こういう展開を恐れる男は多いだろう。コージだって怖い。「一発やっただけで彼女気取りか」とドン引きする。

もちろん、相手がマリアのような美人でなければ、だ。

その日から、コージとマリアは恋人同士になった。

マリアの勤めているキャバクラは午前二時にクローズだったので、仕事が終わればコージの店に来て飲み、混んでいるときは手伝ってもらったりもして、明け方近くに店を閉めると一緒にごはんを食べにいく。

付き合いだしたばかりの若いふたりだから、セックスだってしたい。朝まで働いて疲労困憊のデリヘル嬢や、どんよりした不倫カップルと入れ替わりにラブホテルに入り、お互いの体をむさぼらずにはいられない。

一度、どうしても気になって、マリアに訊ねたことがある。どうして自分のように冴えない男を選んでくれたのか……。

「わたしね、コージくんはそのうちきっと、大きなことをする人だと思うの」

マリアはそんなことを言っていた。

「なんだい、大きなことって？」

「わかんないけど、ワクワクドキドキするようなこと。直感でそう思った。わたしの直感、はずれたことないんだから」

意味がわからなかった。生まれてこの方、大それた夢など見たことがないのが、コージという人間だったからだ。

わからないままに、関係は深まっていった。あまり頻繁にラブホテルを利用するので、そのうち「ホテル代、もったいないね」という話になり、一緒に住むことになった。静かな住宅地にある、陽当たりのいいアパートを借りた。ナンバーワン・キャバクラ嬢の住まいとしてはいささか慎ましすぎる部屋だったが、マリアは文句ひとつ言わなかった。

「やっぱり、身の丈にあった生活って大事よ。わたしだって、いつまでもキャバクラで働いているわけじゃないし、昼間の仕事始めたら、いまみたいに稼げないもの」

そもそもマリアは家族に仕送りをするために夜の仕事をしていたので、金銭感覚はまともだった。一緒に暮らしはじめるのとほぼ同時に、コージは勤め先を移った。朝の六時まで営業している店ではマリアを待たせてしまうので、午前二時に閉まるワインバーで働きだした。

今度は薄汚い店ではなく、一流レストランの系列店だった。最初は気取り倒した雰囲気に馴染めなかったが、話してみるといい人ばかりだったので、次第に居心地がよくなっていった。ソムリエの資格をとるという目標もでき、自堕落の見本のような店でバーテンダーをしているより、生活に張りが出た。

なにもかも順調だった。

マリアとの間に、「結婚」の二文字がチラつきはじめていた。彼女は近くキャバクラの仕事をあがろうとしていたので、そうなったら正式にプロポーズしようと思った。マリアのような女を娶ることができたら、男としてこれ以上幸福なことはないはずだった。

だが、順風満帆な日々を送る中で、それでもコージはまだ、キツネにつままれた気分を完全には拭い去れてはいなかった。

だから……。

あの日、想像もしなかった災難が唐突に降りかかってきたときも、ああやっぱり、とどこかで思っていた。こんな夢みたいな生活が、いつまでも続くわけがないのだと……。


よく晴れた日曜日の午後のことだった。

前夜の土曜日、マリアから「アフターに付き合わなければならなくなった」というラインが入った。なにしろ人気のキャバ嬢なので、そういうことはいままでにも何度かあった。

とはいえ、朝が来て昼になり、そろそろ夕方という時間になっても帰ってこないなんて、あきらかに異常である。何度メールや電話をしても梨のつぶてで、コージはいよいよ本気で心配になってきた。

しかし、コージはマリアの友人知人の連絡先をひとりも知らなかったし、店のスタッフについてもそうだった。警察に相談して事を荒立てるのも気が引けた。心配は心配だったが、マリアだって、もう子供ではない。アフターのあと同僚のキャバ嬢の部屋にでも寄って眠ってしまったのだろう、と自分に言い聞かせた。

もうすぐ午後四時になろうかというとき、玄関で物音がした。畳の上に寝っ転がっていたコージは飛び起きて、玄関にダッシュした。

少しだけ、ドアが開いていた。向こう側にはマリアがいる。キャップを目深に被っていたので表情ははっきりわからなかったが、ひどく憔悴(しょうすい)しているようだった。連絡もなくこんな時間まで外にいて、怒られると思っているらしい。もちろん、コージに怒るつもりなど毛頭なかった。無事帰ってきてくれて、本当によかった。

「どうしたんだよ?」

笑みを浮かべながらドアを開けると、マリアの後ろに男がひとり立っていた。整った顔立ち、上背が高く、スーツの着こなしも涼やかだったが、まともな人間ではない、と眼つきでわかった。暴力の匂いがした。ホストほどチャラくはないが、女を食いものにしている人種に違いなかった。

その男が堂本だ。

「なんですか? あなたは……」

「立ち話もなんだから、中で話そうぜ」

堂本はマリアの背中を押し、自分も靴を脱いで部屋にあがってきた。そのアパートの部屋にはリビングのようなものはなかったので、居間として使っている六畳間に通した。

「ハッ、座布団もねえのかよ？」

堂本は断りもせず畳の上にあぐらをかき、呆然と立ちすくんでいるコージを見上げた。隣で立ったままのマリアも、ほとんど放心状態だ。

「座んなよ」

堂本が言った。コージが動けずにいると、堂本は立ちあがって肩を押さえ、強引に座らされた。堂本の眼つきには狂気が宿っていた。いまにも暴れだしそうな雰囲気に気圧(けお)されてしまった。

コージは暴力が苦手だった。中学生のころひどいいじめを受け、転校までしたトラウマがあった。

堂本が偉そうにあぐらをかいているのに、思わず正座してしまったのはそのためだった。自分をいじめてくる輩(やから)は、かならず正座を命じてきた。そんなコージを見て、堂本は嘲笑を浮かべていた。

「おまえも座れ」

とマリアに声をかける。彼女もまた、そう命じられたわけでもないのに、畳の上に正座した。

「今日からこいつは、俺の女だから」

堂本がマリアを見て顎をしゃくった。

「荷物は持てるだけ持っていく。残りはおまえがあとから送ってこい。わかったな?」

わかるわけがなかった。なんの権利があって、人の大切な恋人を「こいつ」呼ばわりし、あまつさえ「俺の女」だと言い放てるのだろう。

マリアを見た。

うつむいて肩を震わせ、唇を引き結んでいる。あの気丈なマリアが、ここまでしょげかえっていることに狼狽えてしまう。つまり、目の前の男と、すでに肉体関係を結んだということだろうか。そんな理不尽なことがあり得るのか。

よく見ると、マリアの着ているTシャツの首は伸び、白いコットンパンツが汚れていた。ひどい汚れではないが、埃だらけの床に座ったような感じだ。彼女はきれい好きだし、首の伸びたTシャツを着るような女でもない。

なにかあったのだ。

目の前の男に乱暴なことをされたのだ。

「おい、それじゃあ荷物まとめろ」

堂本はマリアに言い、彼女は隣の部屋に向かった。マリアがいなくなると、堂本は立ちあがった。尊大な態度でコージを上から見下ろし、正座している太腿に足を載せた。

「あれだけの上玉、テメエみたいなチンカス野郎にはもったいねえよ。チンカスはチンカスらしく、もっと釣りあう相手と付き合え。ブスでもデブでもババアでもいい。身の程ってもんをわきまえるんだ」

言いながら、太腿をぐりぐりと押しつぶしてくる。「ふざけるんじゃねえっ！」と足を払って怒声をあげたかった。中学のころ、同級生の不良たちを相手にそうやって抵抗したことがあった。結果は、ただの正座が全裸の正座になっただけだった。寄ってたかって服を奪われ、正座を拒むと殴られた。休み時間になっても服を返してもらえず、全裸のまま前を押さえて教室に行くと、女教師にヒステリーを起こされた。事情を説明しても「あなたが悪い」と言われた。「あなたに落ち度があるからいじめられるんじゃないかしら？」。

意味がわからなかった。全裸正座は毎日続き、昼休み明けの授業が始まるとき、コージが全裸で教室に入っていっても、そのうち誰も驚かなくなった。最初は悲鳴をあげていた女子たちもただ眼をそむけるばかりで、女教師はそのまま授業を始めた。

「テメエが物わかりのいいやつで助かったぜ。ガタガタ言うようなら、じっくり言い聞かせてやろうと思ったんだがな……」

ぐりぐりと太腿を押してくる堂本は、あのときの不良と一緒だった。抵抗しても、無駄な気がした。ボコボコにされて人間としての尊厳を奪われ、被害者になっても誰も助けてくれない。

しかし、抵抗しなければマリアを奪われるのだ。このまま言いなりになるなんて冗談ではなかった。なんとかしなければならないが、トラウマが激しい眩暈を起こさせ、体は金縛りに遭ったように動かない。

「……やっ、やめてください」

コージは滑稽なほど上ずった声で言った。トラウマに囚われている心身を徐々に慣らしていって……。まずは、小さなことから抵抗するのだ。

「やめる？　なにをやめるんだい？」

堂本の足に力がこもる。

「まさかとは思うが、あの女を連れていくのをやめろって言ってるんじゃないよな。俺と彼女はもう、他人じゃねえんだ。オマンコしちまったんだから、恋人同士だ。嘘だと思うなら、証拠を見せてやろうか。ばっちり動画を撮影しておいたからよ」

「そっ、そうじゃなくて……」

　コージの声は上ずっていくばかりだ。

「足を……どけて……もらえませんか……」

「おー、おー。そんなことか。つまり、女を連れていく件に関しては不問なんだな」

　堂本は下卑た笑いをこぼしながら、まだしつこく太腿を踏んでくる。

「ククク、足をどけてほしいならどけてやるよ。そのかわり、俺のお願いもひとつきいてくれな。こんな遠くまで出張ってきたから、交通費がかさんでね。帰りのタクシー代、おまえがもってくれ。財布にある金、全部出せ」

　暴れてやりたかった。返り討ちに遭ってもいいから、この男を一発殴ってやらなければ気がすまなかった。しかし、体が動いてくれない。トラウマが動悸を激しくさせ、心臓がひどく痛む。いじめのフラッシュバックが起こり、呼吸をすることすらままならない。

　コージは震えながら、財布からすべての札を抜いて渡した。油断をさせておいて、反撃の糸口を探ろうと思った。この部屋になにか武器になるものはあるだろうか？　バットや木刀はないが、台所には包丁がある。こうなったら覚悟を決めて刺してやる。帰り際に後ろから……。

「しかしテメエも情けねえ男だな」

堂本が嘲笑を浴びせてくる。

「聞き分けがよすぎて、気持ちが悪くなってくるぜ。男なら普通、キレるところじゃね？　かかってこいよ。相手になってやるから」

胸ぐらをつかまれたが、コージは立ちあがることもできなかった。堂本が狂気を宿した眼つきで、拳を振るってきた。顔面に風がかかった。パンチはフェイントだったが、コージは「ひっ！」と悲鳴をあげ、次の瞬間、下半身が生ぬるくなった。小便を漏らしてしまったのである。

「おいおい……」

堂本はもう笑い声さえあげず、瞳に憐れみを浮かべているばかりだった。

女を奪われたのに、なにもできずに座り小便……。

誰もいなくなったアパートの部屋で、コージはすさまじい自己嫌悪に陥った。

自分のような男は、生きている価値も資格もないと思った。

自己嫌悪は恐ろしい。他者に対する憎悪は、時に生きるエネルギーになる場合もある。しかし、自分を呪うと生きる気力を失ってしまう。成長ではなく衰退し、進化ではなく退化するのだ。コージはその日以来、死んだように生きている、ゾンビのような人間となった。

5

「あのときは……すまなかった……」

暗くじめじめした闇マンヘルの個室で、コージは深く頭をさげた。全裸のままだったが、あらためて服を着け直す気にはなれなかった。

「俺は……大事な女のことを守れなかった……」

「わたしが悪いのよ……」

マリアが疲れた横顔でつぶやいた。

「浮気したのは……わたしのほうだし……」

「違うだろ？」

コージはマリアの双肩をつかんで揺すった。

「あの男に無理やり犯されて、動画を撮られて逆らえなくなったんだろ？　わかってるんだよ、そんなこと……でも俺は、ビビッてなにもできなかった。あの男に殴られるのが怖くて……」

「もう言わないで」

マリアが抱きついてきた。コージは抱擁に応えた。マリアの体は、ベビードール越しにもはっきりとわかるほど、熱く火照っていた。

「会いたかった……」

コージは噛みしめるように言った。

「本当に?」

マリアがいまにも泣きだしそうな顔で、コージの眼をのぞきこんでくる。

「本当に決まってるじゃないか」

「わたしだって……」

もつれあいながらベッドに倒れ、ベビードール越しに柔らかく豊満な乳房をまさぐると、懐かしさに涙が出てきそうになった。

浴びるように酒を飲んでも、近所迷惑になりそうなほど泣きじゃくっても、マリアのことが忘れられなかった。彼女を失ったことで、コージの人生は破綻した。よくしてくれたワインバーの仕事をやめ、酒浸りの毎日を送っていた。泥酔しては風俗店に通い倒し、しみったれた射精を繰り返した。遊ぶ金が欲しいがため、酒場で知りあった胡散臭い男の紹介で、振り込め詐欺の片棒を担ぐまでに落ちぶれた。

振り込め詐欺などしていれば、いずれ両手が後ろにまわることは眼に見えていた。どうだってよかった。マリアと会うことができないなら、娑婆にいようが獄に堕ちようが同じことだった。

「ねえ、ちょっと落ち着いて……」

眼を血走らせて双乳を揉みしだいているコージに、マリアが心配そうな顔を向けてくる。

「あんまり乱暴にしちゃダメ。ここ、監視カメラがついてるの……」

「スタッフがのぞいて鼻の下伸ばしてるってわけか」

「そうじゃなくて……」

マリアが眼の動きで、壁の貼り紙を指した。

――本番行為には罰金百万円が科せられます。

「それ、脅しじゃないの。お客さんが興奮して本番しようとすると、本当に百万円取られるんだから……手持ちがないって言ってもダメ。提携してる闇金屋さんを呼ばれるだけ。取ったお金はお店と女の子の折半だから、女の子の中にはわざと本番に誘いこむ子もいて……」

怯えた顔で早口に言葉を継ぐマリアを見ていても、コージの顔色は変わらなかった。マリアの下肢からパンティを奪い、彼女に覆い被さっていく。いきり勃った男根の切っ先を、花園にあてがう。

「……正気なの？」

「俺に任せておけ」

「監視カメラで見てるの、あの男よ」

「あの男？」

「……堂本」

「なんだと……」

「このお店、堂本が経営しているんだもの」

コージは息を呑んだ。

心臓が狂ったように暴れだしたが、口許には笑みがこぼれていた。

おあつらえ向きの展開だった。

罰金百万円など、ハナから払うつもりはなかった。ビタ一文払わず、マリアをこの手に取り返すつもりだった。

しかし、堂本に再会できるとなれば、二年前の借りをきっちり返さなければならない。人の女をさらっておいて、こんな店で働かせている報いも、たっぷりと与えてやらなければ気がすまない。

ビビりの自分にできるだろうか？

できるかできないかではなく、やるのだ。

いままでビビッていて、なにかひとつでもいいことがあっただろうか？

相手に足元を見られ、よけいに調子づかせただけだ。

ならば、こちらがビビる前に、相手をビビらせてやればいい。

いまの自分にはそれができるはずだった。

ベレッタがある。不良フィリピン人から買ったあの拳銃は、犬飼のようなチンケな男を脅すために、自分の元にやってきたのではなかったらしい。

失った誇りを取り戻すためだ。

マリアをこの手に取り返すためだ。

それにもう、座り小便を漏らしたころの自分ではない。マリアを失ってから二年間、法の外側で生きてきた。自暴自棄になって、ずいぶんと無茶をした。犯罪組織の末端の末端とはいえ、危ない橋だって何度となく渡ってきた。

「……いくぞ」

コージはペニスの切っ先を花園にあてがい、腰を前に送りだした。ずぶずぶと一気呵成(かせい)に貫いていった。

「ああああっ！」

のけぞったマリアの体をきつく抱きしめ、怒濤(どとう)のピストン運動を送りこんでいく。ペニスは鋼鉄のように硬くなり、火柱のように熱く燃えていた。すぐに、マリアにも引火した。離れていた時間を埋めるかのように、お互いの体をむさぼりあった。

マリアの抱き心地は、記憶にあった通りだった。最高だ。しかし、快楽に身を委ねながらも、コージは油断していなかった。来るんだったら来い、来るんだったら来い——心の中で叫びながら、腰を振りたてていた。渾身(こんしん)のストロークを、いちばん深いところに送りこんでやった。

ベレッタはベッドの下の籠の中にある。堂本がカーテンを開けたら、すかさずマリアから離れ、拳銃を構えるつもりだった。向こうの出方によっては、引き金を引く用意もある。遠慮する必要はなにもない。あんなクズ野郎、ぶち殺したところで世間に感謝されるだけだ。

しかし、どういうわけか、行為が終わるまで結局誰も来なかった。

「ねえ、イッちゃうっ……わたし、イッちゃうっ……イクイクイクッ……はぁあぁーっ！　はぁああああああーっ！」

オルガスムスに達したマリアの中に、コージはしたたかに男の精をしぶかせた。ビクビクと痙攣（けいれん）するマリアの中で射精していると、世界の真理を実感できた。愛する女と恍惚（こうこつ）を分かちあう——それだけが男として生まれてきた悦びを嚙みしめられる、唯一無二の方法なのだと。

第二章　ヴァージン・キラー

1

渡久地辰夫は、部屋の惨状を見つめて呆然としていた。床は血の海、堂本が顔面を銃撃され息絶えている。渡久地は上野を拠点する暴力団〈不知火会〉の若頭で、堂本は正式な組員ではないが、面倒を見てやっていた。可愛がっていた、と言ってもいい。

「うるせえな、この音楽っ！」

渡久地が怒鳴ると、大音響で鳴り響いてたユーロビートが停まった。

静寂の中、顔のなくなった弟分を見下ろす。

堂本はいい男だった。態度は生意気で、空気が読めず、礼儀というものがなっていなかったが、上納金をただの一度も滞らせたことがない。釣りあげた女を骨の髄までしゃぶり尽くす、鬼畜の中の鬼畜だった。やつを失ったとなれば、これから一家は財政難に陥るだろう。来月には義理も重なっている。なにかと金が入り用なのに……。

部屋に入ってきた舎弟が渡久地と顔を合わせ、見てはならないものを見てしまったというように眼をそらした。渡久地の眼に光るものがあったからだ。鬼の眼にも涙、とでも思ったらしい。悪いがそんな人情派ではない。金の工面を考えると、涙がチョチョ切れるほど面倒くさいだけだ。

「カシラ、死体はどうしますか？」

舎弟が訊ねてきたので、

「いつも通りだ」

渡久地はハンカチで眼尻の涙を拭いながら答えた。

「豚の餌にして、残った骨や歯なんかはコンクリートで固めて鹿島灘……そういやテメエ、この前ズボラこいて隅田川に捨てやがっただろ！」

ハンカチを投げつけると、

「すいません！」

舎弟は腰を折って頭をさげ、ブルーシートをひろげて手際よく死体の処理を始めた。

弟分が殺されたくらいでいちいち警察に通報するほど、渡久地は呑気な人生を送っていない。

それに、この部屋にはガサに入られてはまずい事情もある。闇マンヘルも違法なら、女たちにも法外な利子で金を貸して働かせている。だいたい、魑魅魍魎が跋扈するこんなマンションにパトカーを呼んだりしたら、住人の恨みを買う可能性が高い。訳のわからない外国人に、後ろから銃撃されてはかなわない。

しかも……。

堂本は最近、闇風俗や闇金より、もっとやばい橋を渡っていたはずなのだ。

「ねえ兄貴、俺は近々でかい山を踏みますよ。いつまでもオメコの汁を啜るしか能のない男じゃありませんから」

ひと月ほど前、やつは酒の席で豪語していた。

「もちろん、ひとりでおいしい思いをしようなんて思ってません。ブツが手に入ったら、真っ先に相談させてください」

なにをさばこうとしているのか、問いただしても口を割らなかった。しかし、ヤマを踏んでいる最中に死体にされたとなれば、金の匂いがプンプンする。どう考えてもやばい相手との取引だ。もちろん、裏社会では相手がやばければやばいほど、動く金はでかい。

堂本という金づるを失った以上、そのやばい相手に損失補塡をしてもらわなければならないだろう。やつの顔面に弾丸をぶちこんだ野郎は、どういうわけか店の女をひとりさらっていったという。

まずはそこから調査開始だ。

「おい」

店のスタッフに声をかけると、

「はっ、はいっ……」

男は震えあがり、女のような内股でおずおずと近づいてきた。

ビビッているのだろう。闇風俗でイカくさいおしぼりを洗濯しているような半端者は、本物のやくざと対峙したことなどない。せいぜい堂本のような、チンポが服を着て歩いているような女衒風情しか知らない。

そこへいくと、渡久地には本物の迫力がある。〈不知火会〉の渡久地と言えば界隈じゃ知らぬ者がいない武闘派で、舎弟分や若い衆も三度の飯より暴力が好きな連中ばかりだ。

「女を呼べ。全員だ」

「はいいーっ!」

スタッフの男は奇声をあげてそそくさと部屋を出ていった。

渡久地はプレイルームにかかっているカーテンを引きちぎっていき、スペースをつくった。元は住居用のマンションなので、リビングに相当するところはかなり広い。いちいち個室に簡易シャワーをつけているところが、堂本らしかった。自分なら、絶対にひとつで間に合わせる。剝きだしになったベッドが四つほど露出したところで、女を集合させた。

店には五人の女がいた。渡久地は彼女たちの前に立ち、一人ひとりじっくりと顔を拝んでいった。

いつ見ても感心する。堂本の使っている女に、若さや可愛らしさで見てくれを誤魔化すタイプはひとりもいない。どの女もモデルの卵やタレント予備軍のようなレベルで、スタイルも抜群。こんなところで働かされているのだから、頭のネジは何本も抜けているのだろうが、ルックスだけは文句のつけようがない美形ばかりである。

「みんな仕事ができなくなって気の毒だなあ。どうせ日銭が入ってこねえと首を括りたくなる債務者ばかりだろう？　今日中に金がいるやつは言ってくれ。別の店を紹介してやる。ここほど稼げないだろうが、一日だけの辛抱だ」

全員震えながらうつむき、声をあげる者はいない。

「ところで、チャカ持った馬鹿野郎に連れていかれた女……マリアっていうらしいが、その女について、知ってることがあったら教えてくれ」

声も手もあがらない。

「知っていることはないか、って訊いているんだがな」

まだ黙っているので、

「おまえら全員折檻だっ！　脱げっ！　裸になってオマンコ見せろっ！」

渡久地は怒声を放った。

「知りませんっ！　あの子は最近入ったばかりで、ちゃんと話したこともないから……」

怯えた顔で言ってきた女の頭をぶっ叩いた。加減をしなかったので、バシッと大きな音が立った。その音が合図だったように、全員あわてて脱ぎはじめた。べビードールやキャミソール姿だったので、あっという間に五人は全裸になった。

「脱いだらベッドにあがって脚をひろげろ。オマンコもな、指でひろげて中を見せるんだ。人間、オマンコひろげると嘘をつけなくなる」

渡久地は女たちに迫り、のろのろしている者は容赦なく頭をぶっ叩いた。コブができそうな威力だったが、綺麗な顔は狙わないでおいてやる。

「ううう……」

五人の上玉がいっせいにM字開脚を披露し、性器をひろげている眺めは壮観だった。毛が濃い者、薄い者、パイパンもいる。花びらのサイズも、粘膜の色艶も人それぞれだが、なにしろ美人ばかりなので、例外なくそそる。

「もう一度訊く。マリアって女について、知ってることがあれば教えてくれ。どんな小さなことでもいい」

だが、女たちは顔を真っ赤にし、恥辱に打ち震えているばかりで、どうにも言葉を返そうとしない。

本当になにも知らないのかもしれなかった。

しかし、そういう疑いは尋問には不要だ。知っていることを前提に詰め寄らなくては、吐かせられることも吐かせられなくなる。

渡久地は足元に転がっていたローションのボトルを拾い、側(そば)にいた舎弟に渡した。

「犯せ。前の穴じゃなくて後ろの穴だ」

女たちの顔が青ざめる。

その場にいた舎弟はふたりだった。揃(そろ)って下卑た笑みを浮かべ、ブランドジャージのズボンを脱いだ。イチモツはすでに隆々と勃起し、臍(へそ)を叩く勢いで反り返っていた。いつものことだが、たいしたものだ。もっとも、いつも連中にケツを掘らせるのは、裏切り者や敵対組織の幹部など、醜悪きわまりない男ばかりなので、今日は幸運の部類に入るだろう。

「やっ、やめてっ！　やめてくださいっ！」

「許してっ！　許してえええっ……」

舎弟たちに腕をつかまれた女は、顔面蒼白(そうはく)で悲鳴をあげた。他の女たちも、完全に震えあがっている。

仕事で前の穴は使いこんでいても、後ろの穴はそうではあるまい。おまけに舎弟たちは巨根だ。女の細腕ほどもあるサイズなので、それで排泄(はいせつ)器官を犯されるのは恐怖以外のなにものでもないだろう。

「ほら、おとなしくケツを出せ」

「アナルファックの前に、痛い思いするのが好きなのかい？　顔面ビンタで仕事ができなくしてやろうか？」

舎弟たちは立ちバックの体勢で女たちに尻を突きださせ、桃割れにたっぷりとローションを垂らした。冷たかったのだろう、女たちは「ひっ！」と悲鳴をあげたが、惨劇はまだ始まってもいない。

「いくぞ。ケツにぶちこむぞ……」

「力を抜くんだ。暴れると切れるからな……」

舎弟たちが切っ先を肛門(こうもん)にあてがい、極太の肉棒をむりむりと押しこんでいく。立ちバックの体勢でうつむいていても、女たちの顔が真っ赤になっていくのがわかる。舎弟たちには容赦はない。痛みと屈辱を与えようとしているのだから、容赦などするわけがない。

「あおおおおーっ！」

「おおおおおーっ！」

可憐(かれん)なすぼまりを力ずくで貫かれた女たちは、低く響く声をあげた。その声は、ピストン運動を送りこまれるほどに野太くなっていき、人間離れしていった。まるで豚のようにブイブイ言っている。

まったく、アナルセックスなんてどこがいいのか……。

嬉々として腰を振っている舎弟たちの姿に、渡久地は苦笑した。渡久地は肛門性交を舎弟に命じても、自分ではしたことがない。したいと思ったこともない。前にそれ専用の穴があるのに後ろの穴を使うなんて、畜生の営みだ。

とはいえ、目の前でいい女がふたりも犯されていれば、獣の本能が疼きだしてくる。尻の穴を犯されて豚のように鳴いている朋輩を見て、震えあがっている女がまだ三人もいた。三人とも、渡久地の命令を忠実に実行したままだ。ベッドの上でM字開脚を披露し、指で割れ目もひろげている。あられもなく露出された粘膜の色艶を、渡久地はニヤニヤしながら見比べた。赤みが強い女もいれば、色素が薄い女もいる。

「おまえ、ちょっと来い」

そのうちのひとりを手招きした。彼女の粘膜がもっとも清らかな薄桃色をしていた。そして、いちばん怯えていた。アナルファックではなく、前の穴を使う——そう告げてやれば、少しは安心するかもしれなかった。しかし、渡久地は怯えている女を抱くのが好きだった。涙まで流していれば最高である。

「おまえだよ」

渡久地は近づいていき、女の腕を取った。

「俺が可愛がってやるから、尻を出すんだ」

「ゆっ、許してくださいっ……」

女の顔色は蠟のように白くなっていた。しかし、次の瞬間、みるみる真っ赤に染まっていき、大粒の涙を流して泣きじゃくりはじめた。

「泣いたって許さんぞ」

言いながらも、渡久地の胸は躍っていた。もっと泣かせてやりたかった。下の穴を犯す前に、まずはイラマチオで涙をたっぷり絞りとってやろうか。

「いっ、言いますからっ……なんでもしゃべりますからっ……」

「んっ？　なにを知ってる？」

「マッ、マリアちゃんには、可愛がってた妹がいるんです。田舎から出てきて、ひとり暮らししてる……絶対に言うなって言われました……言ったらもうお金貸してあげないって……でもわたしっ……わたしっ……」

「……なるほど」

渡久地は唇を歪めて笑った。半ば諦めかけていたが、そんな耳寄りの情報を得られるなんて、乱交パーティを始めた甲斐があったというものだ。

2

ラブホテルの部屋に飛びこむように入った瞬間、コージはマリアを抱きしめた。扉を閉める間も待ちきれず、足で蹴飛ばしながら舌をからめあうディープなキスを始めた。

「うんんっ……ぅんんっ……」

マリアも応えてくれる。コージの首に両手をまわし、むさぼるように舌を吸ってくる。

体重をかけられ、コージの背中が壁にあたった。衝撃で歯と歯がぶつかり、眼を見合わせて笑った。

「明日になったら、どこかに逃げよう。海でも山でも好きなところに……でも今晩は、すっからかんになるまでおまえを抱きたい」

マリアはうんうんとうなずき、

「その前に拳銃を見せて」

蕩けるような顔を向けてきた。

コージは腹からベレッタを出し、マリアに渡してやる。

「カッコいい……これで堂本を殺したのね」

マリアは噛みしめるように言い、グリップを握りしめた。鈍く黒光りする拳銃を舐めるように眺めまわしては、すりすりと撫でさすり、ますます眼つきを蕩けさせていく。

「できれば堂本の死体も見たかったけど」

「やめといて正解だ。やつを恨んでる気持ちはわかるが、死体なんて無惨なものさ。おまえの綺麗な瞳が汚れちまう」

拳銃を撫でていたマリアの手指が、コージの股間に伸びてきた。もっこりとふくらんだ前を、淫らな手つきで撫でさする。

「拳銃より硬くなってる」

「さっきやったばかりなのにな」

もう一度、眼を見合わせて笑った。

実際、コージのイチモツは痛いくらいに勃起していた。ここは鶯谷にあるラブホテル。上野の風俗マンションを出てからタクシーに乗り、十分とかからずに辿りついた。

　タクシーの中から、勃起しつづけていた。一刻も早く、もう一度マリアを抱きたかった。二度と会えないと思っていた彼女と再会したせいで、全身の細胞がひとつになることを求めていた。あるいは堂本を殺し、男としての誇りを取り戻せたおかげで、異常な興奮状態にあるのかもしれないが……。

「……ぅんんっ！」

　もう一度唇を重ね、抱擁した。お互いの体をまさぐりあいながら、壁を転がるようにして洗面所に入っていく。

　なぜベッドではなく、洗面台の前に立ったのか？　そこはふたりにとって特別な場所だった。鏡に映った自分たちを見て、これがまぎれもない現実であることをたしかめたかった。

　チェックのワンピースを脱がすと、白い下着が眼にしみた。マリアは昔から白い下着しか着けない女だった。コージは鼻息を荒くしながらブラジャーを毟りとり、パンティを脚から抜いた。

　一糸纏わぬ姿になったマリアを、洗面台に座らせて脚を開かせる。

「いやっ……」

マリアは顔をそむけた。何十回、何百回と抱いたあとでも、彼女は羞じらいを忘れたことがない。おかげでコージは、何度でも挑みかかれる。羞じらいを忘れた女ほど、男心に響かないものはない。

とはいえ、股間を両手で隠そうとまでするのは、いささかやりすぎだった。いまからクンニリングスをしようとしているのは、見ず知らずの客ではなく、愛しあっている恋人なのだ。二年もの間会えなかった痛恨を、恍惚を分かちあって埋めようとしているのだから……。

しかし。

彼女の両手を股間から剝がした瞬間、コージは凍りついたように固まった。先ほどまぐわったときには部屋が暗くて気がつかなかったが、マリアの股間には毛が生えていなかった。パイパンだ。

しかも、ただのパイパンではない。こんもりと盛りあがった白い恥丘、それ自体はうっとりするほど艶めかしいのに、すべてを台無しにするような刺青が彫られていた。「肉便器」というおぞましい三文字が……。

「……ごめんなさい」

マリアは両手で、今度は顔を覆った。

「あの男に……無理やりされちゃった……」

「堂本にか?」

「一度わたし、あの男から逃げようとしたことがあるの。キャバクラの給料を貢がされているうちはまだよかったけど、風俗で働くのなんてどうしても嫌だった。でも捕まって……二度と逃げられないようにしてやるって……」

コージは怒りのあまり、卒倒しそうだった。こんなことが許されるのかと思った。もちろん、許されない。だから堂本は地獄に堕ちた。コージのぶんとマリアのぶん、二発の銃弾を顔面に受けて、みじめな姿で死んでいった。

「あの男から逃げようとしたんだな?」

コージが震える声で訊ねると、マリアは両手で顔を覆ったままうんうんとうなずいた。

「だったら、このタトゥーはマリアの勲章だ。勇気の証と言ってもいい。気にすることはない。あんな怖い男から逃げようとしたなんて、俺は尊敬する。それにあの男は、もう死んだ……」

「コージくんが殺してくれた」

マリアが指の間からこちらをのぞいてくる。

「そうだ」

コージはマリアの股間に顔を近づけ、「肉便器」の刺青にキスをした。「気にすることはない」と彼女には言ったけれど、この三文字は自分の胸のいちばん深いところ——生身の心臓に刻みこまれた刺青だと思うことにした。

堂本は最低最悪の人間のクズだが、自分にだって責任がないとは言えない。堂本にビビッて、マリアを黙って連れさられた。あのときビビりさえしなければ、マリアの美しい体に、こんな禍々しい刺青をされることだってなかったのだ。

「んんっ……」

舌を恥丘の下に伸ばしていくと、マリアは身をすくめた。毛がなくなったぶん、敏感になったのだろうか。おそらく、エステサロンなどで本格的な永久脱毛を施したのだろう。どこに舌を這わせてもつるつるで、チクチクした剃り跡はまったく感じられない。

「あああっ……」

舌で割れ目をなぞりたてると、マリアは可愛い声をもらしてのけぞった。花びらをめくれば、熱い蜜があふれてくる。コージがタクシーの中から勃起していたように、彼女も濡らしていたのだろうか。二年ぶりに自分と再会して……あるいは、二年ぶりに自由を手に入れて……。

マリアの花を、コージは丁寧に舐めまわした。一緒に住んでいたとき、この時間がなにより好きだった。マリアの花は、いくら舐めても舐め飽きない。それどころか、舐めているることに陶酔さえしてくる。

味も匂いも、あのころと同じだった。毛がないぶん、舐めやすくなったとさえ言えた。

しかし時折、恥丘に彫られた刺青が眼に入り、胸を締めつけてくる。

堂本は死んだ。

愛しいマリアの体にこんな仕打ちをした馬鹿野郎は、この手で地獄に送ってやった。

それでも、マリアの体には刺青が残り、心にはトラウマが刻まれている。あの男をすっかり忘れさせるために、どれくらいの時間がかかるだろうか？　あの男にさらわれていた二年だろうか？　それともその倍……。

いや、それはマリアの問題ではなかった。

コージの問題だ。

堂本をぶち殺してなお、あの男に対する恨みは消えない。たとえば、マリアの体をこんなふうにしたときのことを想像すると、蜜にまみれた舌がこわばる。ともすれば、体が震えてきそうになる。

堂本はきっと、恥丘に「肉便器」と刺青を彫られたマリアを見て、ゲラゲラ笑ったに違いない。マリアは泣いた。一生消えない心身の傷と、風俗嬢として生きていかねばならない運命に涙がとまらなかったに違いない。

あるいは、堂本がマリアをどんなふうに抱いていたか……。

あの手の男は、性技にだけは長けている。暴力で脅しておきながら、甘い言葉をささやいてベッドで可愛がることだってあっただろう。

そして女の体は、愛のないセックスでも燃えるときがある。なにも特別な話ではない。コージはこの二年、風俗店に通いまくっていた。年季の入った娼婦だって、腰を振りあっていればイクことがある。つまりマリアも……堂本に抱かれて、イッたことが……。

「あああああーっ！」

クリトリスを舐め転がしはじめると、マリアは淫らに身をよじった。彼女のクリトリスは小さめで、米粒ほどしかないけれど、感度は最高だ。敏感すぎるので、しばらくは包皮の上から舌先でつつくように刺激する。そのうち、みずから尖って包皮から恥ずかしげに顔をのぞかせる。

そうなるともう、マリアはエンジン全開だ。

「ああっ、いやっ……いやいやいやあああっ……」

髪を乱して首を振りつつも、両脚を洗面台に載せてしまう。大胆なM字開脚を披露して、女の恥部という恥部をさらけだしてくる。

コージは指先でクリをいじりながら、花びらをしゃぶりあげた。ぬめりを拭うように唇と舌を使えば、マリアはよがり泣くのをやめられなくなる。女の花の下でひっそりとすぼまっているアヌスも、時折、舌先で刺激してやる。マリアは恥ずかしがりながらも、クリをいじられているのでよがるのをやめることができない。熱湯のような発情の蜜を、あとからあとからこんこんと漏らし、洗面台に水たまりをつくる。

嫉妬をエネルギーに変えよう、とコージは思った。

離れていた二年間、彼女になにが起こったのか考えるのは詮無いことだ。それでもジェラシーはこみあげてくる。頭を掻き毟り、胸を引き裂きたくなるくらい、その感情は激しい。

ならば、欲望を燃やす燃料にすればいい。堂本に抱かれたときより、マリアを感じさせてやればいい。失神するほどの快楽で翻弄し、過ぎたことなど忘れさせてしまえばいい。

できるはずだった。

自分たちは愛しあっているのだから、どんな障害だって手を取りあって乗り越えていき、幸せになれるはずなのだ。

「……おりるんだ」

コージはクンニを中断し、マリアの手を取って洗面台からおろした。すかさず体を反転させ、鏡の方を向かせる。立ちバックの体勢で尻を突きださせ、コージはズボンをおろして勃起しきったペニスを取りだす。

立ちバックは、ふたりにとって特別な体位だった。台風の日、コージが働いていた小さなバーで、初めてひとつになった体位――残念ながら、ひとつだけ弱点があった。立ちバックで繋(つな)がると、お互いの顔が見えない。見つめあいながら、高まっていくことができない。

そこで鏡の前の洗面台なのだった。早朝のラブホテルを利用していたときも、一緒に住んでいたときも、よくそこでまぐわった。マリアだってしっかり覚えているはずだった。鏡越しに向けた眼が少し潤んでいるのは、欲情のためだけではない。懐かしさがこみあげているのである。

「……いくぞ」

鏡越しに視線を合わせながら、ペニスを中に入れていく。じっくりクンニしてやったから、マリアはよく濡れていた。そして熱かった。ああ、この熱だ、と思う。金で買った女の股は、どういうわけかいつも冷たい。この熱こそが、愛しあっている証に違いない。熱いだけでなく、内側の肉ひだがからみついてくる。肉穴がよく締まり、ペニスに吸いついてくる。

「あああああーっ！」

ピストン運動を始めると、マリアは可愛いアニメ声であえいだ。彼女の顔は、決してアニメ顔じゃない。むしろ二十二歳という年齢にそぐわないほど大人びているにもかかわらず、声だけが可愛らしいところがそそる。

「あぁっ、いいっ！　すごくいいっ！　おかしくなりそうっ！　わたし、おかしくなっちゃいそうーっ！」

顔を紅潮させて乱れていくマリアの顔を鏡越しに眺めながら、コージは腰を振りたてた。丸々とした桃尻を、パンパンッ、パンパンッ、と打ち鳴らして連打を放った。

突けば突くほどさらに突きたくなる、極上の体だった。しかも、鏡越しに見つめあっている。快楽に溺れはじめたマリアは瞳をねっとりと潤ませ、いまにも眼を閉じてしまいそうだったが、ぎりぎりまで細めた眼で懸命に見つめ返してくる。眉根を寄せてハアハアと息をはずませている顔がいやらしすぎて、コージは瞬きもできない。息をとめて連打を放つ。いちばん深いところのさらに奥まで突きあげるように、渾身のストロークを送りこんでいく。

「ダッ、ダメえええっ……」

マリアが切羽つまった声をあげた。

「そっ、そんなにしたらイッちゃうっ……もうイクッ……イクイクイクッ……はっ、はぁあああああーっ！」

ビクンッ、ビクンッ、と跳ねあがる腰をしっかりとつかみながら、コージもフィニッシュの連打を開始した。いつもなら、こんなに早く出すことはない。マリアを二、三回イカせてから射精するのに、今日ばかりはこらえることができそうになかった。

深い眠りから覚めた。

自宅以外の場所で眼を覚ますと不安になるものだが、最初に眼に飛びこんできたのがマリアの寝顔だったので、コージの胸は熱くなった。

夢ではなかったのだ……。

本当にこの手にマリアが戻ってきたのだ……。

裸のままうつ伏せで寝ている彼女の背中をさすると、

「んんんっ……」

マリアはひどく怯えた顔で瞼（まぶた）をこすった。昨日まではきっと、毎朝眼を覚ましたくないような日々を送っていたのだろう。

コージもそうだった。朝が来るのが、嫌で嫌でしかたなかった。マリアは眼の焦点が合ってくると、コージを見て笑った。安堵（あんど）の溜息（ためいき）をもらしながら……。

「愛してるよ」

おでこにキスをしてやると、マリアは抱きついてきて、唇に唇を重ねた。あっという間に、舌をからめあう濃厚なディープキスになってしまった。

ゆうべはずいぶんとハッスルした。

洗面所で一回、ベッドで二回、バスルームで一回……精魂尽き果ててもまだ勃起がおさまらず、もう一度ベッドでまぐわおうとしたが、さすがに体力の限界だった。お互いの体をまさぐりあいながら、ふたりで眠りに落ちてしまった。

その続きをするのも悪くなかった。

しかし、枕元のデジタル時計は、午前八時三十分を表示している。ラブホテルの部屋には窓がなく、朝陽を拝むことはできなかったが、もう朝だ。マリアとともに人生を再スタートさせるため、動きだしたほうがいい。

「……ちょっと待って」

ますます熱っぽくキスをしてくるマリアをなだめ、コージは体を起こした。

「シャワーを浴びて、出かける準備をしよう」

「どこに行くの？」

「とにかく一度、東京から離れたほうがいいだろう。のんびり温泉にでも浸かろうじゃないか」

「ふふっ、素敵」

そのための軍資金は、堂本の店から奪ってきた。はした金だが三十万ほどあるはずだし、コージにも多少は貯金がある。風俗通いで散財していたとはいえ、詐欺の片棒を担いでいたのだ。同世代のサラリーマンよりは口座に金が入っている。

ベッドをおりて、アタッシュケースを開けた。業務用の金庫に入っていたバラバラの札を、そこに放りこんで逃げてきたのだ。

大きなアタッシュケースとしみったれた首尾が不釣り合いだったが、まあしかたがない。札をきちんと畳んでいくつかに分ければ、ポケットに入れることも可能だろう。黒革張りのアタッシュケースは経年変化で風格を帯び、なかなか格好がよかった。とはいえ、重いので持って歩く気はしない。なにより、堂本の持ち物だと思うと、ガソリンをかけて燃やしてしまいたいくなる。

金は全部で十九万七千円しかなかった。

思ったよりも少ない。

しかし、そんなことより気になることがあった。アタッシュケースの底が妙に浅いのだ。外観とのバランスがちぐはぐだし、不自然なほど重たい気もする。ゆうべは逃げるのに夢中で気がつかなかったが……。

「……なんだこれ？」

中をまさぐっているうち、二重底になっているのに気づいた。力ずくで底をベリベリと剝がすと、手のひらサイズのビニール袋に入れられた白い粉が、びっしりと詰まっていた。

「どうしたの？」

マリアがベッドの上で四つん這いになり、アタッシュケースの中をのぞきこんでくる。

「これ……堂本の店の事務所にあった鞄なんだけど……」

「麻薬じゃない？」

「えっ？」

「あんな悪党が鞄を二重底にして隠してるものなんて、麻薬に決まってるわよ」

たしかに、言われてみればそんな気もする。

「それにね……」

マリアがベッドからおりてきて身を寄せてくる。

「あの男、近々大金が転がりこんでくるって、鼻息を荒くしてたの。絶対これのことよ……」

「もしこれが麻薬だとしたら……」

覚醒剤でもヘロインでもコカインでもいい。ビニール袋は、ゆうに一ダース以上あった。末端価格、数千万じゃきかないだろう。数億だ。

コージとマリアは眼を見合わせた。衝撃、驚愕、そして不安……最初はそれらの感情が入り混じってお互いに顔をこわばらせていたが、すぐに揃って相好を崩した。パチンッ、と音を鳴らしてハイタッチすると、ふたりとも笑いがとまらなくなり、腹をかかえて床に転がった。

この麻薬を金に換えられれば……。

温泉旅行なんてケチくさいことを言っている場合ではない。

豪華客船で世界一周だ。

3

午前八時、スマートフォンのアラームが鳴った。

カンナは寝返りを打ってアラームをとめ、寝ぼけまなこをこすりながらラインのチェックをした。

姉のマリアからはなにもメッセージが入っていなかった。こちらのメッセージが既読にさえなっていない。

あのマメな姉が、いったいどうしたのだろう？

まさか病気で寝込んでいるとか……。

それとも事故……。

「やだもう……」

カンナは苦笑した。たった一日連絡が途絶えただけでそんなに心配するなんて馬鹿げている。きっとスマホを見ることができないくらい忙しいだけだ。姉のことより、自分のことを心配すべきかもしれない。カンナはマリアのことが大好きで、いささか彼女に依存しすぎているところがある。

「よいしょ……」

ベッドから出ると、トイレに寄ってからバスルームに入った。

カンナの一日は熱いシャワーから始まる。夜にもゆっくり半身浴をするのだが、目覚めにシャワーを浴びないと気分がシャキッとしない。シャワーの後は、歯を磨く。ミントのさわやかな香りが、気分をさらにあげてくれる。

バスルームから出ると、チェストから下着を取りだして着けた。下着の色が全部白なのは、姉の影響だった。田舎の友人たちは「白い下着なんてダサい」と口を揃えて言っていた。カンナ自身も実はそう思っていたのだが、純白のブラで乳房を包み、パンティを穿(は)いてパチンとウエストの部分を鳴らすと、今日も一日頑張ろう、とスイッチが入る。白い下着はダサいけれど、朝の気分を清新なものにしてくれる。

下着のままベッドに腰をおろし、冷蔵庫から出してきた朝食代わりの野菜ジュースを飲んだ。

視線は自然とスマホに向かっていく。

姉からのメッセージはやはりきていない。

代わりに……というわけでもないだろうが、小杉さんからは何通もメッセージが届いていた。

カンナは渋谷・道玄坂にあるおしゃれな生花店で働いている。小杉さんはその店の常連客で、イタリアンレストランのオーナーだ。何度もデートに誘われているのだが、まだ一度も応じていない。

小杉さんは日焼けした顔に少年のような笑顔を浮かべている楽しい人なのだが、ちょっとチャラい。おまけに三十二歳。カンナは今年二十歳になったばかりだから、ひとまわり上ということになる。

さすがに年が離れすぎている気がした。それとも、いまどきひとまわりくらいの年の差は普通だろうか？

カンナにはまだ、異性と交際した経験がなかった。自分のような奥手の女の子は、小杉さんのようにずっと年上で、やさしくてスマートで、ついでに経済的余裕のあるタイプが合っているような気がしなくもない。

普通なら、だったら一度くらいデートしてみればいい、というふうになるのだろうか？　それがどうしてもできないのは、一度でもデートに応じてしまえばきっと、小杉さんのペースに乗せられて、行くところまで行ってしまう気がするからである。

「ねえ、どうしたらいいの、お姉ちゃん……」

スマホに向かって言った。

「お姉ちゃん、お姉ちゃん、お姉ちゃーん！」

当たり前だが、スマホにいくら声をかけても、返事なんか返ってこない。姉依存の自覚はあっても、話を聞いてほしいときに連絡がつかないのは、本当にストレスが溜まる。

だから一緒に住みたかったのだ、と胸底で溜息をついた。

一年前に田舎から上京したとき、カンナは当然、姉の部屋に同居できるものだと思っていた。東京なんて右も左もわからないし、ふたりで住めば家賃は折半、家事の負担だって半減する。

なのに、姉はそれを頑なに拒んだ。それどころか、正確な住所さえ教えてもらっていない。

理由の説明も誤魔化されたが、さすがに察しがついた。彼氏がいるのだ。同棲か半同棲かわからないけれど、頻繁に恋人が訪ねてくるような生活を送っているから、奥手の妹と同居なんてできないのだろう。

姉は美人なので、昔から超モテた。県道に牛が歩いているような田舎町の話とはいえ、中学でも高校でも、全男子の八割くらいが姉に思いを寄せていたのではないだろうか。残りの二割だって、もし姉に笑いかけられれば、だらしなく鼻の下を伸ばすに決まっている。

おまけに、三年ぶりに東京で再会した姉はびっくりするほど色っぽくなっていて、カンナは腰を抜かしそうになった。Tシャツにデニムパンツというラフな格好をしていたのに、髪型やメイクが都会暮らしで洗練され、美貌に磨きがかかっていた。それになんといっても、田舎にいたときには感じなかった大人びた陰翳が表情に浮かんで、時折見せる愁いを帯びた横顔がセクシーすぎた。フェロモンむんむんだった。そのとき姉が穿いていたクラッシュデニムは片膝に穴が空いていたのだが、そこから見える真っ白い膝小僧がエロティックすぎて、カンナは正視できなかった。

彼氏とエッチなことをいっぱいしているのだろう、と思った。

それがふしだらなことだと思うほど、カンナは子供でなかった。

むしろ羨ましかった。

カンナが地元で就職せずに上京してきたのも、本当のことを言えばカッコいい彼氏と素敵な恋をするためだった。

田舎には真面目(まじめ)な人や仲のいい幼なじみはいるけれど、カッコいい男はいなかった。デートだって、山や湖をドライブするか、ショッピングモールくらいしか行くところがない。おしゃれをしてイルミネーションの灯(とも)った街並みを歩くとか、イタリア人がシェイカーを振っているバーで乾杯とか、宝石箱のような夜景が見られるホテルでエッチなんて、夢のまた夢……。

わたしだって、とカンナは思った。

姉ほどではないにしろ、そこそこ容姿は整っているし、田舎ではけっこうモテたのだ。都会暮らしの三年間で、姉はびっくりするほどセクシーな大人の女に変身してしまったけれど、その代わり清らかな透明感は失った。カンナには、まだそれがある。少しくらいはチヤホヤされてもいいと思う。しかしその相手が、ちょっとチャラくて、ひとまわりも年上のレストランオーナーでいいのかどうか……。

「そろそろ行かなきゃ」

姉からのメッセージは期待できそうにないので、カンナは出かける準備を始めた。生花店の仕事はほとんど肉体労働だから、同僚はパンツスタイルばかりだけれど、カンナは絶対にパンツでは出勤しない。

クローゼットからレモンイエローのワンピースを出して袖を通した。鏡を見て、なかなかイケているとロ角をあげて笑う。可愛いお花屋さんになりたくて生花店で働いているのに、パンツスタイルでは台無しだ。長靴だって、店で貸してくれる無骨なやつが我慢ならず、自前で可愛いデザインのものを買い求めた。

さあ、今日も元気に出勤しよう……。

朝のルーチンワークを華麗にこなした充実感を胸に、玄関に向かった。靴箱の上の棚に飾られた、香水の瓶を取った。シャネルのココ マドモアゼル。二十歳の誕生日に姉からもらったものだ。キャップを取って匂いを嗅いだ。上品で少しオリエンタル。姉にはない透明感を武器に恋をしたい自分に、この香水はちょっときつすぎる。

結局つけずに棚に戻し、扉を開けた。

男が立っていた。

真っ黒い髪をポマードでテカテカに撫でつけ、やけに高級そうなダブルのスーツを着、赤と黒の派手な柄のネクタイをした彼は、独身女子ばかりが住んでいるこのマンションにまるで似つかわしくなかった。一瞬、不動産屋さんかと思ったが、絶対に違うとも思った。眼つきの悪さが普通ではない……。

「あんた、マリアの妹さん？」

カンナは反射的にうなずいた。完全に射すくめられていた。蛇に見込まれた蛙のように。

男の背後に、体の大きい男がふたり、さっと現れた。こちらはスーツではなく、ブランドジャージを着ている。

「あがらせてもらうよ」

スーツが言うと、ジャージのふたりがカンナに迫ってきた。拒絶する暇もなかった。それどころか、悲鳴をあげることも……。

訳のわからないまま部屋に戻され、ドアを閉める音が聞こえてきた。カンナは両側をジャージに挟まれた格好で、ベッドに座らされた。後から入ってきたスーツが、肩をいからせながら前に立つ。

「俺はマリアの上司だ。いま彼女の部屋に行ってきた。マリアはいなかったが、ここの住所が見つかった」

　カンナは眼を見開いて息を呑んだ。体が震えだしている。こんな怖い人たちが上司なんて、姉はいったいなんの仕事をしているのだろう？

「実はな、お姉ちゃんは大変なことをしでかしてくれたんだ。俺たちは損害を受けて憤慨している。だが、正直に言ってくれれば、あんたには手を出さない。マリアはどこにいる？」

　カンナは曖昧に首をかしげた。

「いいかい？　しらばっくれてもいいことなんかなにもないぞ。災難が降りかかってくるだけだ」

　そう言われても、カンナだって姉からの連絡がないことにやきもきしていたくらいなのだ。しかし、言い訳をしたくても、声が出てくれない。恐怖で口の中がカラカラに乾いて、上顎と下顎がくっつきそうだ。

　スーツの男はふうっとひとつ息をつくと、ジャージのふたりに目配せした。次の瞬間、ひとりがグローブのような大きな手でカンナの口を塞ぎ、もうひとりが乱暴にワンピースを破った。

「ぅんぐぅぅぅーっ！」

鼻奥で悶え泣くカンナを嘲笑うように、ワンピースがビリビリに破られていく。先週買ったばかりのレモンイエローのワンピースはあっという間に原形のわからない黄色い布きれにされ、その切れ端を口の中に突っこまれた。その上からはガムテープ……。

ジタバタと暴れても無駄だった。手首をつかむ男のすさまじく強い力が、心を軋ませた。すぐにでも折れてしまいそうだった。ブラジャーを毟りとられ、パンティをずりおろされるまで何秒もかからなかった。

気がつけば、破かれたワンピースで後ろ手に縛られ、両側にいるジャージに脚をひろげられていた。正面に立つスーツの男に向かって、股間がさらけだされる格好だ。

「ぅんぐっ！　ぅんぐぅぅぅーっ！」

カンナは泣きわめいた。涙の流れていく頬が、燃えるように熱かった。異性に裸を見られたのは初めてだった。ましてや両脚の間なんて……恥ずかしさとショックで、頭の中が真っ白になっていく。

「カシラ、こりゃあ……」

ジャージのひとりが言い、

「うむ」

スーツがうなずいてカンナの股間の前にしゃがみこんだ。女の花に指を触れられ、半狂乱でジタバタ暴れると、お腹を一発殴られた。息ができなくなり、大きく見開いた眼から、大粒の涙だけがボロボロとこぼれていく。

「あんた処女か？」

カンナは、首を縦に振ることも横に振ることもできなかった。処女であると認めれば、情けをかけて乱暴をやめてくれるか。それとも、興奮に眼を血走らせて穢れを知らない体にむしゃぶりついてくるのか、判断がつかなかったからだ。

ぐいっと割れ目をひろげられ、

「んぐううっ！」

カンナは顔を歪ませた。痛みもあったが、まだ自分しか触れたことのない大切な器官を、ぞんざいに扱われた恐怖に身震いが走る。

「こりゃあ処女だ。間違いない」

スーツが言い、ジャージたちと眼を見合わせてうなずきあう。口許に、卑猥な笑いをこぼしている。眼だけは笑っていない。怖いくらいに血走っている。

「ということは、俺の出番だな……」

スーツは上着とズボンを脱ぎ、下着まで脚から抜いた。白いワイシャツの裾の合わせ目から、黒光りを放つ長大な肉棒が天狗の鼻のようににょっきりと顔を出した。

カンナはいよいよ体の震えがとまらなくなった。心はもっと震えていた。処女とはいえ、セックスについて知識がないわけではなかった。インターネットで、無修正動画なるものをチラリと見たことだってある。

しかし、目の前でそそり勃っているものは、カンナが頭の中でイメージしていたものとあまりに違いすぎた。自分の腕ほどありそうな長大なサイズが眩暈を誘い、グロテスクで凶暴な形が戦慄を呼ぶ。こんなもので体を貫かれたら、死んでしまう……。

「痛いのは最初だけさ」

スーツは自分の手のひらに「ぶっ」と音をたてて大量の唾を吐いた。

「すぐに夢中になって、オマンコなしではいられなくなる。おまえのお姉ちゃんみたいにな……」

唾液まみれの手のひらが、カンナの股間にあてがわれた。撫でさすられると、ヌルヌルとすべった。

　もちろん、気持ちよくなんてなかった。全身が凍りついたように固まって、身をよじることとさえできない。なのに震えはとまらない。ヌルヌル、ヌルヌル、と手のひらが股間を這いまわるほどに、激しくなっていく。

「ぐっ！」

　敏感な部分に触れられ、カンナの顔はひきつった。処女とはいえ、その部分で快楽を味わったことがないわけではなかった。一週間に一度……いや、このところ、三日に一度は自分でしている。そこをいじってしばし快楽にたゆたうと、ぐっすりとよく眠れる。

「濡れてきたぞ」

　スーツが下卑た笑みをもらした。

「処女のくせに感じているのか？　それとも処女という見立てが間違いなのか……まあ、もうすぐわかるがな」

　カンナは羞恥に顔から火が出そうになり、口の中に詰めこまれたワンピースの切れ端を思いきり嚙みしめた。濡れてなんていないはずだった。万が一そうであっても、感じてなどいない。それだけは断言できる。無理やりにでも性感帯をいじられれば、女の体は濡れるように出来ているのだ。

「うんぐっ！　うんぐぐっ！」

今度は両側から脚を押さえているジャージたちが、乳首をいじりはじめた。乳房は控え目なCカップだが、清らかなピンク色の乳首はカンナの密かな自慢だった。それを男たちの無遠慮な指が、くすぐったり、つまんだりしてくる。もう死にたかった。もちろん、クリトリスへの刺激もしつこく続いている。体中が燃えるように熱くなって、首筋や腋の下から汗が噴きだしてくる。

「そろそろ頃合いか……」

スーツが黒光りを放つ極太の男根をしごきながら、切っ先をカンナの股間に近づけてきた。

「処女あてクイズといこうじゃねえか。おまえら、どっちに賭ける？」

「俺は非処女で」

「俺もです。脱がせたときは処女っぽかったですが、この女感じてますよ。乳首をこんなに尖らせて」

「よーし、俺は処女に賭ける」

スーツに血走った眼を向けられ、カンナの顔は限界までひきつった。こんなことがあってもいいのだろうか。田舎ではみんな初体験が早かったが、カンナは絶対に納得できない相手で処女を捨てたくなかった。大事に守り通した結果、こんなところで無残に散らされるなんて……。

「いくぞ……」

　スーツが腰を前に送りだしてきた。極太の男根はまさしく肉の凶器で、メリッ、となにかが裂けた気がした。

「むむっ、このきつさは、処女だ……絶対に処女だっ！」

　絶叫しながら、肉の凶器をさらに押しこんでくる。狭い肉の道を、むりむりと侵入してくる。入るわけないっ！　とカンナは叫びたかった。まるで鼻の穴にバットを入れようとしているかのような暴挙だ。

「うんぐっ！　うんぐっ！」

　叫ぶ代わりにスーツを見上げ、鼻奥で悶え泣いた。滂沱の涙を流しながら、許してほしいと目顔で哀願する。

　しかし、スーツはカンナが泣けば泣くほどニヤニヤと笑い、鼻息を荒くはずませた。とても入りそうにないのに、腰をひねって反動をつけ、ずんっ、と最奥まで貫かれてしまう。

奪われた、という感覚があった。

「ぅんぐうううーっ！」

カンナはのけぞって全身を小刻みに痙攣させた。まるで雷を落とされたように体中が痺れている。痛みなどという言葉では表現しきれない、激痛を超えた衝撃だった。雷の落ちた木が真っ二つに裂けるように、五体が縦に裂けたかと思った。桜の木が真っ二つに裂け、幹が左右に倒れていきながら、満開に咲いていた花がいっせいにハラハラと舞い落ちていく——そんな哀しくも美しいイメージが、瞼の裏に浮かんでいた。

「たまらん……たまらんぞ、処女の締まりは……」

スーツは赤黒く上気した顔に勝ち誇った笑みを浮かべ、腰を動かしはじめた。肉の凶器が、半分ほど抜かれては、また入ってくる。突きあげられるたびに、ぐちゃっ、ぐちゃっ、と体の中で無残な音がたつ。

「ぅんぐうっ！　ぅんぐうううーっ！」

カンナの受難は、まだ始まったばかりだった。

4

その日の午後二時――。

窓から浅草雷門(かみなりもん)が見えるビジネスホテルの一室に、コージはいた。隣にはマリアがいる。

ツインルームなので、シングルベッドがふたつ並んでいた。

とはいえ、セックスをするためにこの部屋をとった訳ではない。セックスをするつもりなら、迷わずダブルの部屋にする。

扉がノックされた。ドンドンドンドンドンドン、とやけに乱暴だ。ホテルの人間の所作ではない。

コージとマリアは緊張の面持ちでうなずきあい、マリアはバスルームに隠れた。その手にはベレッタが握られている。

やくざ同士は、どこでどういう繋がりがあるかわからない。昨日の件でお触れが出ている可能性もあるので、マリアには隠れていてもらうことにしたのだ。もちろん、こちらの部屋でなにか異変があれば、拳銃を構えてすぐに飛びだしてきてくれることになっている。

ドンドンドンドンドン……。

しつこいノックの音に閉口しながら、コージは扉を開けた。

「テメエ、いったいなんのつもりだ？」

犬飼が怒りの形相で部屋に入ってきた。

「仕事をバックレたうえに、こんなところまでわざわざ呼びだして……しょうもねえ話だったら、ただじゃすまねえからな」

「まあ座ってください」

窓際にある対面ソファに、コージと犬飼は腰をおろした。

「誰にもなにも言わずに来てくれましたよね？」

コージは声を低く絞って訊ねた。午前中のうちに犬飼に電話を入れ、相談に乗ってほしいことがあると言って、この場に呼びだした。

「言ってねえよ」

犬飼はふて腐れた顔で答えた。

「俺だって、伊達(だて)に泥水啜(すす)って生きてねえんだ。テメエの声を聞いた瞬間、ピンときたよ。儲(もう)け話なんだろ？　仕事をバックレてまで相談したいことなんて、他にあるわけねえもんな」

「お互い、もう泥水啜るのはおしまいにしましょう」

コージはポケットから、白い粉の詰まったビニール袋を取りだした。百均で買ったチャック袋に、二グラムほど移してきた。

「これが俺の思った通りのものなら、俺も犬飼さんも、しばらく遊んで暮らせます」

「……シャブか？」

犬飼が眉をひそめる。

「わかりません」

コージは首を横に振った。

「でも、犬飼さんならわかるでしょう？　これがなにか……」

「まあな」

犬飼は得意げに鼻を鳴らしてから、ビニール袋のチャックを開け、小指で白い粉を取って舐めた。

「……シャブだ。間違いない」

神妙な声が返ってきて、コージは胸の中で快哉(かいさい)を叫んだ。

「大量にあるんです。量ってみたら、全部で三キロ弱……」

「三キロだと？」

犬飼が身を乗りだしてくる。

「そんな大量のシャブ、いったいどこで手に入れたんだ。末端でさばけば、二億はくだらねえぞ」

「出所は言えません。それに、チマチマ売ってまわるつもりもない。一括でさばけませんかね。犬飼さんが面倒見てもらっている〈高蝶一家〉で」

「……ずいぶんと唐突にでかい話をもってくるんだな」

犬飼はネクタイを緩めてソファに背を預け、ふーっ、と深い溜息をもらした。

「いまどきどこの組だって、二億からの金、右から左に動かせるもんか」

「交渉をまとめてくれれば、金は犬飼さんと折半しますけど……」

「わかってるよ！」

犬飼は怒声をあげ、苛立ちを隠しきれない顔で続けた。

「これが滅多にない儲け話だってのは、俺にだってわかる。だが、問題も多い。いまはどこの組も金欠だし、出所を言えないってのがなあ。言えなきゃ事故物件になって買い叩かれる。まあ……海に浮かんでるブツを偶然見つけたとかなんとか、もっともらしい嘘を用意すればなんとかなるかもしれんが、もうひとつ大問題が……」

犬飼は意味ありげに言葉を切り、コージを見てきた。

「ポンプあるか？」

「えっ？」

「ポンプだよ、ポンプ」

犬飼は腕の内側に注射器を打つジェスチャーをした。

「ネタの質がわかんねえと、嘘もつけねえ。粗悪品なら二億どころか、五千万もあやしいが、上物ならどこも欲しがる。まずはそれを確認しないと……」

「いちおう、アルミホイルは用意したんですが……」

「……炙り（あぶ）か。まあ、それでもいいや」

犬飼がうなずいたので、コージは百均の袋を渡した。中にアルミホイル、ストロー、そしてライターが入っている。

犬飼はアルミホイルを丁寧に十センチ四方に切ると、二つ折りにして真ん中にシャブをひとつまみ載せた。下からライターで炙りながら、ストローを鼻にあて、気化した煙を吸いこむことを繰り返す。

コージは黙って犬飼を見ていた。ネタのランクも気になったが、目の前でシャブをやる人間を見たのは初めてだった。コージの人生は、ドラッグと接点がなかった。なくてよかった。マリアを連れさられて絶望していたとき、目の前に白い粉があれば、オーバードースで死んでいただろう。

「おいおいおい……」

ソファにぐったりともたれた犬飼が、声をあげた。

「こりゃあ、とんでもない上物かもしれないぞ。俺がいままでやったのとは、段違いのキマリ方だ……」

眼つきがすでにあやしくなっている。

「二億、引っ張れそうですかね？」

犬飼はシャブで気持ちが大きくなったのか、

「俺に任せておけ」

ニヤニヤ笑いながらうなずいた。

「上手(うま)く交渉して、それ以上の金を引っ張ってやる。これだけいいネタなら、誰も損をしない。二億払ったって、三億でさばける。下手(へた)すりゃそれ以上かもしれない。ちょっとばかり値は張っても、末端のユーザーは最高のネタでゴキゲンな気分……ウィン・ウィン・ウィン・ウィン……こんなことは滅多にないぜ」

「そうですか」

コージはうなずき、

「じゃあ、連絡待ってます、なる早でお願いしますよ」

腰をあげようとしたが、

「待てよ」

犬飼がドスの利いた声で制した。

「相変わらず気のきかねえ野郎だな。俺はシャブ食って、これから天下無敵の絶好調になる……わかるよな？」

「……ええ」

「だがこの部屋にはなにかが足りない。なんだ？」

「……さあ」

コージが首をかしげると、犬飼はライターを投げつけてきた。

「女だよ、女！　キメセク用の女、デリで呼んでくれ。それともテメエがケツ貸すか？　これからやばい橋を渡る者同士、一蓮托生（いちれんたくしょう）の契りを交わしちゃうか？」

「女をすぐ手配します」

コージはスマホを手に、近所のデリヘルのサイトを探した。早々に女を呼ばなくては、面倒なことになりそうだった。そそくさと帰ろうにも、バスルームにはマリアがいる。彼女の姿を見た瞬間、犬飼に獣になられては困る。

5

マリアは必死に吐き気をこらえていた。

ホテルを出て外の新鮮な空気を吸い、自動販売機で水を飲んでもなかなかそれがおさまらず、電信柱の陰でゲーゲー吐いた。

「悪かった。犬飼が完全にキマッちゃって、女が来るまでバスルームから出すわけにはいかなかったんだ」

コージが背中をさすってくれる。心配させてしまって、かえって申し訳ない。バスルームの扉越しに聞き耳を立てていたので、嫌な予感はしていたのだ。部屋にいる人間が三人に増え、おかしな声が聞こえてきた。

コージの手引きで部屋を出るとき、声がする方向にチラリと眼を向けた。よけいなことをするべきではなかった。ベッドの上で、裸の男女が重なっていた。足の方からばっちり見てしまった。もちろん、モザイクなしで、ペニスがヴァギナにずぼずぼ入っているところを……。

最悪だった。眼に薬品を浴びたような不快感があり、酸っぱい胃液があがってきて、呼吸の仕方がわからなくなった。

「ごめんね、コージくん、もう大丈夫」

マリアは電信柱から離れ、ふらふらと歩きだした。路地裏から出ると、すぐ側が雷門なので、観光客がごった返していた。外国人の姿が目立った。白人も多いが、中国人や台湾人はもっといるのだろう。日本人と変わらない容姿をしていても、日本語をしゃべっていない。

「ねえ、ちょっとお参りしていかない？」

マリアが腕をからめていくと、

「えっ？　ああ……べつにいいけど……」

笑顔でうなずいてくれた。

雷門をくぐって仲見世(なかみせ)の参道に入った。人の数がさらに増えた。まるでラッシュ時のホームのようだ。とはいえ、雑踏に身を潜めているのは悪い気分ではなかった。まわりの景色は「ザ・日本」でも、聞こえてくるのは外国語ばかりなので、異国を旅行しているような錯覚にとらわれる。

「これからどうするの?」

耳の側で言った。口がゲロくさかったらどうしよう、と心配になる。水でうがいをしたから大丈夫だ、と自分に言い聞かせる。

「とりあえずクルマが欲しいな」

「クルマ?」

「取引に行くのに、タクシーじゃ格好つかないだろ。逃げるときの足だって必要だ」

「取引が成功したら、世界一周?」

「マリアが行きたいところに行こう」

「どこがいいかしら……」

「じゃあ、最初は俺の行きたいところに付き合ってくれるかい?」

「うん」

「眺めのいいところ……草原でも海の側でもいい。とにかく景色のいいところに建ってる教会に行って、結婚式を挙げるんだ」

マリアは胸が熱くなり、コージの腕をぎゅっとつかんだ。

「……嬉しい」

「本当は、景色なんて関係ないんだろうけどな。俺の視線は、ウエディングドレスを着たマリアに釘付けさ」

　コージの頬にキスをした。コージは唇にキスを返してくれた。思わず舌を差しだし、ディープな口づけになりそうになる。あわてて中断したのは、ゲロくささが気になったからではなく、まわりにたくさん人がいたからだ。とはいえ、外国人たちはこちらのことなどまるで気にしていなかったが。

「でもね……」

　マリアは言った。

「どこに行くにしても、東京にはしばらく戻ってこないでしょう？」

「そうだな。俺は殺人事件の容疑者だ。もっとも、堂本のケツをもってる組織が、警察に届けるとは思えないがね。闇風俗ばかりのマンションで起こったことだ。闇から闇に葬られる可能性のほうが高いと俺は思ってる」

「逮捕はされないのね？」

「しかし、ケツもちのやくざが俺とマリアを追ってくる。ある意味警察より厄介だから、二、三日のうちに消えるしかないな」

「あのね……」

「なんだ？」

「コージくんがクルマを手配しにいっている間、わたし別行動してもいい？」

「別行動？　どこに行く？」

眉をひそめて睨まれた。

「自分の部屋になんか戻れないぞ。店の人間が張ってるに決まっている」

「そうじゃなくて……ちょっと会いたい人がいるの。しばらく会えないなら、どうしても会っておきたい……」

「誰なんだよ？」

「それは……」

マリアが口ごもると、コージの顔が険しさを増した。いままで誰にも言っていなかったが、この状況ではもう伏せたままではいられないかもしれない。

コージくんが好き……。

昨日あらためてそう思った。この二年間、毎日殺したいと思っていた人間を殺してくれた。自分ではとてもそんなことはできず、彼と偶然再会しなければ、堂本に骨までしゃぶられていただろう。女としての賞味期限が切れるまで体を売らされ、ボロボロになってポイ捨てにされる……そんな運命から救ってくれたコージは、奇跡のスーパーヒーローと言っていい。

だから、今度もし、彼がピンチに立たされることがあれば、自分が体を張って守るのだと覚悟はできている。そんな人に、隠し事はできない。隠し事したまま別行動をして、心配をかけるのも胸が痛む。

「……妹よ」

「えっ……」

コージが眼を丸くする。

「妹なんていたのか？」

「いままで黙ってたけど、わたし、四人姉妹の長女」

「そうだったのか……」

「すぐ下の妹がふたつ下で、一年前から上京して渋谷のお花屋さんで働いているの」

「その話、店の人間には……」

「言ってない。堂本なんかに知られたら、どうなるかわからないもの……怖くて誰にも言えなかった」

「……そうか」

コージはうなずくと、マリアの腕を引いて仲見世のおみやげ屋さんに入った。陳列されているサングラスを取り、マリアの顔にかけてきた。女優さんがお忍びで使うような、つばの大きなキャスケットも被せてくる。

「おまえみたいな美人は、顔を隠さないと目立つから……」

コージは真顔で言い、お店の人にお金を払った。それから、仲見世の参道をはずれ、路地裏を進んでいく。お参りなんてしている気分ではなくなったらしい。

「外を歩いているときは、帽子とサングラスを絶対にとっちゃダメだ。あと、移動は全部タクシーな」

ポケットから札束を出し、半分ほど渡してくれた。

「あと、スマホの電源は絶対に切らないでくれ。俺以外の番号なら出ちゃダメだけど……」

おそらく店関係の人間からだろう、昨日はあまりに頻繁にかかってくるので、電源をオフにしてあった。心配をかけないように、目の前でスマホをバッグから出し、電源を入れた。

「夜にどこかで落ちあいましょう。そんなに遅くはならないと思う」

「よし。じゃあ午後七時に……」

コージが指定した待ち合わせ場所は、豊島区の山手通り沿いにあるファミリーレストランだった。覚えていてくれたんだ、とマリアは小躍りしたくなった。かつて同棲していた部屋の近くにあり、ふたりでよく行っていた思い出の店だった。

コージくんが好き、コージくんが好き、コージくんが好き……。

渋谷に向かうタクシーの後部座席で、マリアはずっと胸底でつぶやいていた。自分でも当惑してしまうくらい、彼に対する愛がとまらない。意味もなく涙があふれてきそうになるほど、好きで好きでしょうがない。

と同時に、自分の直感が間違っていなかったことに満足していた。コージに初めて会ったときから、マリアは思っていたのだ。彼はいつかきっと大きなことを成し遂げる人間だと。

それがまさか、こんな形で実現するとは想像すらしていなかったけれど、自分を食い物にしている男を殺してくれるなんて、これ以上「大きなこと」があるだろうか。だからきっと、麻薬の取引もうまくいくだろう。大金を手に入れ、ふたりで世界一周旅行に飛びたてるだろう。

妹の勤めている生花店は道玄坂にあった。あたりでも目立つ大店で、前を通るだけで芳(かぐわ)しい花の匂いに包まれる。こんなところで働けるなんて羨ましい、といつも思っていたが、エプロンを着けた店員に妹の名を告げると、冷ややかな声が返ってきた。

「カンナちゃんは、今日お休み」

「えっ？　そういうシフトなんですか？」

「じゃなくて、無断欠勤。珍しくね……なにかあったのかって、こっちも心配してるんだけど、電話をかけても繋がらないし……」

「……そうですか」

マリアは踵(きびす)を返し、バッグからスマホを出してカンナにかけてみた。やはり出なかった。ゆうべラインはくれたようだが……。

深い溜息がもれる。

カンナは基本的に真面目な子なのだが、子供のころからサボり癖があった。仮病を使って、よく学校を休んでいた。

大人になり、東京で働きだして、その病気は治ったように見えた。しかし、上京して一年という時間が経ち、気が緩んでいるのかもしれない。しばらく会えなくなる前に説教なんてしたくはないが、やさしく諭してやる必要はあるだろう。学校は休んでも怒られるだけだが、仕事は休むと馘になる。すぐにはならなくても、まわりに白眼視されるようになれば、居心地が悪くなって、また無断欠勤してしまい、やがて本当にやめさせられる。

タクシーで、カンナの住んでいる三軒茶屋に向かった。

街並みも綺麗なら、お洒落な店が多いことでも知られている三軒茶屋だが、少し裏に入ると、昔ながらの静かな住宅街がひろがっている。

カンナの住むマンションは、淡いピンク色のタイルが貼られた瀟洒な外観をしていた。見た目はごく普通でも、男子禁制で、若い女の子しか住んでいない。それが気に入って、マリアはカンナにこの物件を薦めたのだ。

地方から出てきた若い女が身を持ち崩す理由はいろいろあるだろうが、男関係はその最右翼にあげられるだろう。

カンナには悪い虫がついてほしくなかった。

マリアの場合、家に仕送りをするために上京してきたので、遊んでいる場合ではないという自覚があった。

だから、キャバクラのようなところで働いていても、色恋目当ての客は慎重に遠ざけたし、決して羽目ははずさなかった。モテてモテてモテまくっていたが、いくら熱心に口説かれてもベッドの誘いに応じたことはない。

マリアは昔から、付き合う男は自分から接近していくと決めていた。あまりにモテすぎるので、そうしないと自分を見失ってしまいそうになるからだ。実際、コージにだって自分から行った。恥ずかしくて告白まではできなかったけれど、彼が求めてくるような状況に自分からもっていったのである。

それでも結局は、男で失敗して地獄を見てしまったのだが……。

カンナは大丈夫だろうか？

自分が失敗しているので、よけいに神経質になってしまう。あの子もモテるほうだから、心配でしようがない。いままで真面目に働いていたのに、急に無断欠勤するなんて、男の影がチラついている気がしてならない。

まさか、カンナに限って……。

思いすごしだと、マリアは自分に言い聞かせた。カンナは奥手なほうだし、マリアにとても懐いている。彼氏ができそうなことがあれば、真っ先に自分に相談してくるに違いないのだ。

相談……。

具体的なことはなにも書いてなかったが、まさか男関係の話があって、ゆうべラインをしてきたのだろうか？

いやいや、甘えん坊の彼女は、普段から頻繁にラインを送ってくる……。

タクシーをおり、エレベーターで四階まであがった。男子禁制を謳っているわりには、オートロックではないのが残念な物件だった。

カンナの部屋は、外廊下のいちばん突きあたりにある。あたりは一戸建ての家ばかりなので、屋根の連なった景色が遠くまで続いていた。昼下がりの住宅地は、街中が昼寝でもしているように静かだった。

呼び鈴を押した。

返事はなく、もう一度押す。

やはり返事はない。

寝ているのかもしれないと、マリアはガスメーターの扉を開けた。そこに合い鍵を隠してあるのだ。鍵を開け、ドアノブを引いた。靴を脱ぎ、狭い廊下を抜けて部屋に向かう。

なんとなく嫌な予感がした。部屋の空気が澱んでいるような……。

次の瞬間、心臓がとまりそうになった。

男がベッドに腰をおろしていたからだ。テカテカのリーゼントに、ダブルのスーツ、派手なネクタイ……。

知っている男だった。話したことはないが、見たことはある。堂本の兄貴分、〈不知火会〉の渡久地である。堂本は半グレだが、渡久地は本物の極道だ。それも、あの堂本が心の底から恐れている……。

「逃げられると思ったかい？」

ニヤリと笑いながら、渡久地が言った。眼だけは笑っていなかった。重苦しい沈黙が、ふたりの間に横たわった。

「……逃げる？」

マリアは首をかしげた。

「わたしがわたしの足でどこに行こうが、わたしの勝手じゃないですか。堂本が死んだ以上、あんな店にいる義理はないわよ」

自分の口から出た言葉に、自分でも驚いた。相手は泣く子も黙るやくざ者だった。わたしはいつから、こんなにも胆が据わった女になったのだろう？　コージのおかげに違いない、とすぐに思った。コージが堂本を殺して、わたしの誇りも取り返してくれたのだ。

「強気な女だな。堂本に聞いていた話とずいぶん違う」

　渡久地が笑う。眼だけがどんどんギラついていく。

「店の同僚に訊ねたら、おまえについていろいろ教えてくれたよ。可愛がっている妹がいるってのもそうだ。おまえの部屋をひっくり返したら、ここの住所が書かれた宅配便の伝票が見つかった……」

　マリアの鼓動は激しく乱れ、背中に冷たい汗が流れた。そういえば、妹の存在について、店の女の子に口をすべらせたことがある。スマホの待ち受け画面に妹の写真を使っていたことがあり、「これ誰？　モデル？」と訊ねられたので、うっかり妹だと言ってしまったのだ。

「他にもあるぞ。店でおまえの隣の部屋を使っていた女が言っていた。おまえ、逃げた男とオマンコしてたらしいじゃねえか？　おまえがあんあんよがってる声を、隣の女が聞いている。あの店じゃ、本番は禁止だろう？　百万払えばできるだろうが、そんな客はいない。もし頭に血が昇った客が無理やりやろうとしたら、女は悲鳴をあげてスタッフを呼ぶことになっている。おまえはあえぎ声をあげても、悲鳴はあげなかった。なぜだ？」

　マリアは言葉を返せなかった。

「おまえ自身が、オマンコしたかったからに決まっているよな。となれば、ごく短時間で意気投合したか、昔の知りあいかどっちかしかねえ」

体が震えだした。

「男はどこにいる？」

渡久地は静かに訊ねてきた。

「アタッシュケースを持っていただろう？　黒革張りのやつだ。これも店の女の証言だが、その中には堂本の大事な財産が入っていた。死んじまったから遺産だな。面倒見てやっていた俺が、当然受けとる権利のあるものだ」

「……しっ、知らない」

「いまならまだ間に合うぞ」

渡久地に胆力をこめて睨まれ、マリアは眼をそらした。たとえ自分がいまここで殺されることになろうとも、コージを売るわけにはいかない。

「いま全部ウタえば、命まではとらない。根性叩き直してから、元の仕事に戻してやる」

誰が……とマリアは胸底でつぶやいた。元の仕事に戻されるくらいなら、この場で殺されるほうがマシだった。いまここで殺されたところで、それほど悪い人生ではなかったと、胸を張って言える。心から愛しあえる男と出会えたし、その男が恨みを晴らしてくれた。最高にカッコいいやり方で……。

気持ちが眼つきに出たのだろう。渡久地はそれを敏感に察し、パンパン、と二回手を叩いた。

ギギッと音をたててクローゼットの扉がゆっくりと開いていき、中からふたりの男が出てきた。ブランドジャージに身を包み、屈強な体つきをしていた。ひと目でやくざとわかるほど、眼つきの悪い男たちだった。

しかし、マリアの視線は、すぐにそこから離れた。

もうひとり、いた。

クローゼットのポールから、全裸で逆さ吊りにされていた。猿轡をされ、太腿を赤い血で汚して……。

カンナだった。

血を分けた妹が、凌辱の痕跡も生々しく、男たちに囚われていたのである。

第三章　がんじがらめ

1

「ちくしょう、どうなってんだ。自分の金をおろせないなんて……」

コージはコンビニのATMの前で途方に暮れていた。

口座には三百万以上の金が入っているはずなのに、手元のカードでは一日におろせる限度額が五十万円までらしい。銀行直通の電話で文句を言っても、「そういう決まりなんです」の一点張りで、取りつく島もない。

はらわたが煮えくり返り、衝動的にベレッタでATMの機械を撃ってやりたくなった。もちろんそんなことはできないので、歯軋(はぎし)りしながら店を出た。

少し頭を冷やしたほうがいいかもしれない……。

マリアとの再会、堂本への復讐、そして逃避行……昨日からいろいろなことがありすぎた。テンションがあがりすぎるほどあがっているのはしかたがないにしろ、頭に血が昇って馬鹿をやらかしては、なにもかも台無しだ。罪は背負ってしまったけれど、いまは未来に夢も希望もある。つまらないことで警察に捕まり、獄に堕とされるわけにはいかない。

頭を冷やすには歩くことだ。

それは昔からコージの習性だった。

賑やかな浅草の街から抜けだし、隅田川沿いの遊歩道を北に向かった。桜並木の下を越え、ホームレスの姿が目立ってくると、今度は明治通りを西に向かう。黙々と足を運んでいるうち、次第に気分が落ち着いてきた。舞いあがりすぎて我を失っている自分を、冷静に見つめることができるようになった。

よくよく考えてみれば、世界一周旅行なんて無理な話だった。パスポートが手元にないではないか。自分のものは部屋にあるが、帰るのは危険な気がする。ましてや、マリアの部屋に行くのなんて論外だ。いくら大金をつかんだところで、パスポートがなくては出国できない。

犬飼のコネを使って偽造パスポートを手に入れられないだろうか、と一瞬思ったが、それもまた浮かれすぎた話である。どうしても海外に出国する必要があるならともかく、世界一周なんてノリで言ってしまっただけなのだ。

無理をすればそれだけリスクを背負う。ここはおとなしく、国内に留まっていたほうがいい。日本にだって北海道から沖縄まで、楽しげなところがいっぱいあるではないか。山海の珍味に舌鼓を打ったり、南の島のリゾートホテルで海水浴をしながら、次の展開をじっくり考えればいい。

しかし、そうなってくると……。

喉から手が出るほど欲しいのは、快適で見栄えのいいクルマである。イカしたクルマさえあれば、マリアとふたり、どこまででも疾走していける。

だが、予算があまりにも心許なかった。ATMでおろした金が五十万と、堂本の事務所から盗んできた金の残りが十万ちょっと。中古車でもかまわないけれど、こんな貧弱な予算でまともなクルマが買えるだろうか？

コージはマイカーを所有していたことがない。しかし昔から、クルマに対する憧れが人一倍強かった。カッコいいクルマに乗っているやつはそれだけで尊敬するし、ダサいクルマに乗っているやつは軽蔑してしまう。どうせ乗るなら、先の尖（とが）ったスポーツカーで、愛（いと）しいマリアだけを乗せられるツーシーター、アクセルを踏んだら軽く二百キロくらい出せるやつがいい。

タイミングよく、行く手に中古車センターの看板が現れた。

ふらりと入っていき、展示しているクルマを眺めていく。軽自動車でも八十万や九十万の値札がついていて、眩暈（めまい）を覚える。

「すいません」

ねずみ色のツナギを着た店員に声をかけた。

「五十万くらいで買えるクルマってないですかね？」

「五十万ですか……」

ツナギは渋面をつくった。もう少しで舌打ちまでしそうだった。

「うちはワンオーナーの中古車しか扱ってないし、整備もきっちりしてますから、投げ売り価格みたいのはないいんですよ」

「五十万のクルマは、ない……」

「いやまあ、まったくないわけではないですよ。あそこにあるやつは、本体価格が四十九万円ですから」

ツナギについていくと、軽のワンボックスカーを見せられた。色は白。ところどころサビが浮いている。どう見ても元営業車であり、走行距離は十三万キロと表示されていた。

　冷や水をかけられた気分、というのはこういうときに使うのだろう。

　コージはこれから、大金をせしめてマリアとふたりで逃避行に出る。最初の目的地は、景色のいい場所にある教会。そこで結婚式をあげる。マリアには金に糸目をつけず、とびきりのウエディングドレスを着てもらう。

　そんなふたりが乗るクルマが、軽のワンボックスでいいのだろうか？　十三万キロ走った元営業車で格好がつくのか？

　あり得ない、と頭を振る。こういう展開になった以上、腹を括って人生の裏街道を突っ走ってやるつもりだった。アメリカ映画に出てくるクレイジーなギャングのように、粋なクルマを疾走させて様々な土地を渡り歩き、夜ごとのパーティで豪華な飯とうまい酒をしこたま堪能し、マリアと濃厚なセックスで愛を確かめあう……軽のワンボックスカーに、そういう虹色のロマンを乗せられるわけがないではないか！

　とはいえ……。

　背に腹は替えられないのも、また事実だった。現実問題として、クルマがなくてはシャブの取引に支障を来す。取引だけではなく、タクシーでは運転手を気にして会話が窮屈だし、ドライブレコーダーの存在も鬱陶しい。こちらは逃亡者なのだから、なるべく記録になど残らないほうがいい。

結局、軽のワンボックスを買うことにした。

大金が入ったら買い直せばいいと自分に言い聞かせていたが、今夜マリアと落ちあうときのことを考えると、決まりの悪さに目頭が熱くなってきた。マリアはきっと、カッコいいクルマで迎えにきてもらえると思っている。堂本をぶち殺したタフガイがどんなクルマの助手席に自分を乗せてくれるのか、いまだってあれこれ妄想しているかもしれない。

目頭を押さえながら、ツナギに続いてガランとしたガレージに入っていった。ツナギの他に働いている人間はいないようだった。ガレージの一角に粗末なソファが置かれていて、そこが応接スペースらしい。まったくしょぼくれたクルマ屋だと苛立ち（いらだ）ちは募っていくばかりだったが、次の瞬間、そんなことはどうでもよくなった。

応接スペースの反対の隅に、輝くばかりのアメ車が停（と）められ、異様な存在感を放っていた。

スカイブルーのムスタングだ。真ん中に黒いレーシングストライプが入っている。エンジンはゆうに三リッター以上ありそうだ。文句なしに格好いい。

「あのクルマは……」

コージが訊ねると、

「ああ、うちは基本的に外車は扱わないんですがね……」

ツナギは苦笑まじりに答えた。

「長いお付き合いのお客さんに、どうしてもって頼まれて……ほとんど新品だから、港区の外車ディーラーにでも頼めば、うちなんかよりずっと高く売れると思うんですが……」

「ちなみにお値段は？」

「応相談で八百からですね」

安い！　とコージは内心で快哉を叫んだ。ゆうに一千万は超えると思っていたので、八百万ならバーゲンプライスと言っていい。

よほど予約してやろうかと思ったが、ツナギにうながされて、ソファに腰をおろした。俺はいま舞いあがっている、と自分に言い聞かせた。余計なことをしないで、まずは目の前のことからひとつずつ片付けていくべきなのだ。

「それじゃあ、この書類に必要事項を記入してください……」

本名を書くべきかどうか、一瞬迷った。偽名を使いたいところだが、免許証は本名だ。迷っているうちに、ツナギがつらつらと説明をはじめた。

「本体価格は四十九万円ですが、諸経費込みでえぇーと……」

電卓を叩いた。

「六十万九千円ですね」

コージは持っていたボールペンを落としそうになった。先ほど持ち金をきっちり数えた。六十万八千円だった。千円足りない。

「で、納車日まで二週間ほどいただけますか？」

コージは深い溜息をつき、薄く笑った。

「いただけるわけないでしょう。こっちはいますぐクルマが必要なんだ。乗って帰らせてもらいますよ」

「ご冗談を」

ツナギも薄く笑う。

「点検整備とか名義変更とか、いろいろやることがあるんです。車庫証明だって出してもらわなくちゃならない。乗って帰るのなんて無理無理。いくら急いでもせめて十日は……」

ツナギが言葉を切り、息を呑んだ。

コージがベレッタの銃口を向けたからだ。

「あんたにはあんたの都合があるんだろうが、こっちにはこっちの都合があるんだよ。ガタガタ言うなら、強行突破するしかねえな」

ツナギを立ちあがらせ、鳩尾に拳を叩きこみ、後頭部にエルボーを落とした。人を殴ったのなんて初めてだったが、これぞ窮鼠猫を噛むだ。ツナギの口をガムテープで塞ぎ、体をぐるぐる巻きにして、トイレに押しこんだ。

「いいか？」

銃口をこめかみに突きつける。

「これは強盗じゃねえ、ちょっとクルマを借りるだけだ。数日のうちに八百万……いや、諸経費に迷惑料もつけて一千万をあんたの口座に振りこんでやる。だがもし、警察なんぞにタレこんでみろ。俺はかならず復讐に来る。何年後でも絶対にだ。断っておくが、実績もある」

震えあがっているツナギを残し、コージはムスタングの運転席に座った。左ハンドルも新鮮だったし、エンジン音が痺れるくらいに格好よかった。これで迎えに行けば、マリアも喜んでくれるだろう。まったく、つまらないことに時間を使ってしまった。金はなくとも拳銃はあるのだから、最初からこうすればよかったのだ。

2

渡久地は薄暗い階段をのぼりながら黴臭さに顔をしかめた。

ここは半年前から営業を停止しているラブホテルで、いまは〈不知火会〉の拷問部屋になっている。いささか黴臭くても、街中にあるので、湾岸の廃工場や山奥のプレハブより便利だ。女が泣こうがわめこうが、ここなら誰も助けに来ない。防音が完璧なので、拳銃やチェーンソーを使ってもOK。うっかり殺してしまったときのために、コンクリートで固める用意まで整っている。

二階の部屋に入った。

舎弟たちが毛布にくるんだふたりの女を運んでくる。

ぐったりしているのは妹のカンナだ。処女を散らしたあと、舎弟たちにも犯させたので、すでに戦意喪失している。渡久地は顎をしゃくって、ソファに転がすよう指示した。

ジタバタと暴れているのは姉のマリア。彼女の顔を見た瞬間、渡久地は拷問部屋に移動することを決めた。

堂本が選んだ女なので、とびきり美形でスタイル抜群なことには、それほど驚かなかった。

精気あふれる、いい眼をしていた。売春婦にありがちな愁いや疲れはまったく見えず、大輪の薔薇(ばら)のように凛(りん)とした佇(たたず)まい。簡単には言いなりにならない、気丈で潔い性格をしていそうだった。

渡久地はそういう女が好きだった。正確には、そういう女を泣かせるのが好きだ。住宅街で音に気を遣い、猿轡(さるぐつわ)なんか使っては興醒(きょうざ)めだった。喉が嗄(か)れるまで泣きわめけばいい。この世に生まれてきたことを後悔しながら……。

「こんなことして、ただですむと思うのっ！」

舎弟が口からガムテープを剥がすと、マリアは叫んだ。

「あなた殺されるわよっ！　絶対に殺されるっ！」

「堂本をハジいた男にか？」

渡久地はニヤニヤ笑いながら、マリアの頬を撫(な)でた。ふっくらして柔らかく、肌のきめが驚くほど細かい。

「その男なら、こっちも会ってみたい。堂本を殺された借りを返さなきゃならんし、やつの遺産も取り戻さなきゃならん」

「遺産なんて知らないわよっ！」

「知らない、知らない、知らない……俺に質問されたやつは、みんなたいていそう言うな。だが、最初だけだ。そのうち、訊(き)いていないことまで、ペラペラとしゃべりだす」

渡久地はスーツのポケットからスマートフォンを取りだした。自分のではない。マリアのバッグに入っていたものだ。

「この中に、男の番号が入ってるんだろう？　さっさと暗証番号をゲロして、男を呼びだせ。簡単な話だ」

「いやあああっ！」

マリアを拘束していたガムテープを剝がしていた舎弟が、途中で面倒くさくなったらしく、ワンピースごと脱がしはじめた。下着は白だった。姉妹揃(そろ)って清純気取りだ。しかし、姉のほうは処女ではあるまい。堂本にあれこれ開発され、肉の悦(よろこ)びを熟知しているに違いない。

「やめてっ！　触らないでっ！」

ブラジャーが毟りとられ、乳房が露わになる。かなり豊満で、裾野のボリュームがそそる。乳首はピンクで、そこだけ見れば、妹に負けず劣らず清らかさが漂っている。

「いやあああーっ！」

ついにパンティも脱がされた。可愛らしいアニメ声が、恥辱に歪んでいる。しかし、お楽しみはまだ始まったばかり。ふたりの舎弟は阿吽の呼吸で片脚ずつもち、渡久地に向かって両脚をM字にひろげていく。

渡久地は一瞬、ポカンとしてしまった。

つるつるに処理されたパイパンは、いまどきそれほど珍しくはない。こんもりと盛りあがった恥丘の形状が名器を予感させたが、それだっていままで何人も見てきた。

「……なんだこりゃあ？」

唖然としたのは、毛のない恥丘に「肉便器」と刺青が彫られていたからだった。これはなかなか衝撃的だ。渡久地がプッと吹きだすと、舎弟たちも吹きだし、三人でゲラゲラと声をあげて笑った。

「ずいぶん素敵な彫り物をしてるじゃねえか　堂本にやられたのか？」

マリアは答えず、真っ赤になった顔をそむける。

「よほど堂本に気に入られてたんだなあ。見てくれのいいだけの女に、野郎はそこまで執着しない。あんた、綺麗な顔して、その刺青通りの女なんだろ？　ドスケベ、淫乱、色情狂……」

「うるさいっ！」

マリアが嚙みつきそうな顔で睨んでくる。渡久地は背筋がゾクゾクと震えるのを感じた。この状況で睨んでくるなんて、相当泣かせ甲斐がありそうだ。

「怒った顔しても、オマンコおっぴろげてちゃギャグだぜ」

渡久地はマリアの股間をのぞきこんだ。刺青はともかく、女の花は美しかった。アーモンドピンクの花びらは、大きすぎず小さすぎず、びらびらと形崩れしたりもせずに、きちんとシンメトリーになっている。真一文字を縦にした筋が、可愛くも卑猥だ。

親指と人差し指で、輪ゴムをひろげるようにひろげてみた。つやつやと濡れ光る薄桃色の粘膜が、眼にしみるほど清らかだ。

「やっ、やめてっ……触らないでっ……」

割れ目を閉じたり開いたりしてやると、マリアは声を震わせた。ここをいじられていると、さすがにそれほど強気にはなれないらしい。

「おまえ、俺の女にならないか？」

渡久地は熱っぽくささやきかけた。顔ではなく股間に向かってささやいたので、自分の吐息が女の匂いを孕(はら)んで戻ってきた。思いきり鼻から吸いこめば、うっとりせずにはいられなかった。

「妹と一緒に面倒見てやる。いいマンションに住んで、毎日ジムやエステに通ってればいい。闇マンヘルで風俗マニアの慰み者になってるより、そっちのほうがよほどいいだろ？」

言いながら、割れ目を閉じては開き、開いては閉じる。そうしているだけで、薄桃色の粘膜がじわじわと潤んでくる。かなり敏感で、汁ダクな体質らしい。

「だっ、誰がっ……」

マリアは必死に眼を凝らし、挑むように言った。

「誰があなたの女になんかなるもんですかっ！」

「いいねえ、ますますいい」

渡久地は腹の底から笑いがこみあげてきそうだった。自分の女になるかならないか、その決定権は彼女にはない。すべては渡久地が決めることだ。そして、気丈に振る舞えば振る舞うほど、渡久地はその女を手放せなくなる。できることなら、その態度を永遠に続けてほしい。

「じゃあ、俺の女になりたくさせてやるよ」

マリアからいったん離れ、クローゼットを開けた。廃ラブホテルとはいえ、若い衆に命じてこの部屋には各種備品が揃っている。ドバイの七つ星ホテルで使用しているのと同じタオルとバスローブ。シャンプーや石鹸(せっけん)などのアメニティグッズ。そして、女を責める道具だ。

まずは、ポールにかかった真っ赤なロープを、舎弟たちに投げた。なにをするのか命じなくても、ふたりはマリアの手首足首をロープで縛り、ベッドの上でX字に拘束した。

そしてさらに電気マッサージ器＝電マを手にしたが、ふと思い直して、棚に戻した。代わりにマッサージオイルの瓶をつかむ。

「今日は電マじゃないんですか？」

舎弟のひとりがニヤニヤ笑いながら言った。

「電マを使っていいのは、せいぜいA級の女までさ。彼女みたいな超SSS級美女に、電マなんぞ使ったら失礼だ」

渡久地はオイルの瓶を舎弟に渡すと、スーツの上着を脱いで、ワイシャツを腕まくりした。

「というか、体中撫でまわしたくなる、素晴らしいボディじゃねえか?」

マリアの裸身に粘ついた視線を這わせてから、舎弟たちと眼を見合わせて笑う。

「こういうエロエロなボディを見るとよ、電マなんか使わねえで、自分の手で感じさせてやりたくなるのよ、俺って男は」

こみあげてくる笑いをこらえ、マリアの顔を見た。蒼白になった顔をひきつらせ、涙眼でこちらを睨んでいた。

3

コージくんが好き、コージくんが好き、コージくんが好き……。

魔法の呪文を唱えても、マリアは自分を奮い立たせることができなかった。絶体絶命……いや、裸に剝かれてX字に縛られ、目の前には飢えた獣のような男たちが三人もいるのだから、もはや絶体絶命のその先にいる。この体は寄ってたかって凌辱され、男たちの慰み者になる……。

その運命から逃れる道はなさそうだが、正気だけは保っていようと唇を噛みしめた。この体は、もうどうなってもいい。だが、色責めで訳がわからなくなり、コージとの待ち合わせ場所を口走ってしまう失態だけは、なんとしても避けなければならなかった。彼さえ無事でいてくれれば、いつか絶対に助けにきてくれる。そして、この体を穢した男たちを、全員ぶち殺してくれるに違いないのだ。

「……んんっ！」

舎弟のひとりが胸元にオイルを垂らしてきたので、マリアは身をよじった。

「ふふんっ、ちょっと冷たいかい？」

渡久地が笑う。

「でも、ほんの少しの辛抱さ。そのうち、この体は熱く火照りだす。疼いて疼いて、辛抱たまらなくなる……」

マリアの両脚の間に、渡久地は陣取っていた。そして、上半身の両側に、舎弟がふたり。三人はオイルの瓶をまわしながら、体中にそれを垂らしてきた。冷たい感触にはやがて慣れた。しかし、オイルまみれになった素肌に、手指が這いまわりだすと、おぞましさに叫び声をあげたくなった。

いやっ！　やめてっ！　触らないでっ――叫びたいのをぐっとこらえて、息をつめる。やめてと言ってやめてくれるなら、いくらでも叫んだだろう。そんな展開が期待できない以上、いたずらに声をあげて体力を消耗すべきではなかった。マリアの目的はただひとつ、正気を保ちつづけることだけなのだから……。

「あああっ……」

それでも声がもれてしまう。三人の男たちは、全員がムチムチした太い指をしていた。それがいやらしく蠢きながら、乳房を揉み、腰をなぞり、太腿を撫でさすってくるのだ。もちろん、オイルの効果でヌルヌルとすべる。体中を芋虫が這いまわっているような、気持ちの悪さがこみあげてくる。

男たちは決して焦らなかった。色責めに慣れているのだろう。いままで何人もの女を、快楽の力で言いなりにしてきたのかもしれない。

強面で屈強な体つきをしていても、指使いが繊細だった。乳首や割れ目やクリトリス――そういうところには触れず、ねちっこく乳房や太腿を揉みしだく。首筋や腋窩、あるいは脇腹などをくすぐっては、歯を食いしばって声をこらえるマリアの表情を楽しんでいる。

オイルのヌルヌルは次第に、おぞましいはずの愛撫を淫らなものに変えていった。体中の素肌という素肌から汗が噴きだしてくる。いくら気を確かにもっていようと努力しても、発汗まではコントロールできない。オイルと汗が混じりあい、手指のすべりはますますよくなり、いやらしい香気までたちこめてくる。

「いっ、いやっ……」

渡久地の視線を感じ、マリアは顔をそむけた。マリアの顔は、燃えるように熱くなっていた。おそらく、首から上が真っ赤になっているはずで、そんな顔を見られるのは恥辱以外のなにものでもなかった。

しかも、熱くなっているのは顔だけではない。乳首、割れ目、クリトリス——敏感な性感帯はまだ触れられてもいないのに、ひどく熱い。気のせいだと思いこもうとしたが、刻一刻と熱くなっていくばかりで、それが次第に耐えがたいものになっていく。

渡久地の手指は、太腿の付け根をなぞったり、揉みしだいたり、じわじわと肝心な部分に接近してきた。舎弟たちの指も乳房の先端に這ってきては、乳暈(にゅううん)のまわりをくるくるとまわる。

マリアが身をよじると、

「そろそろエンジンかかってきたかい？」

三人がかりで、卑猥な笑みを浴びせられた。

「触ってほしいところがあるなら、そういうふうにおねだりしろよ。俺たちだって鬼じゃない。触ってほしいと頼まれれば、善処する用意はある」

「さっ、触ってほしくなんか……」

マリアは涙眼で睨みつけようとしたが、次の瞬間、渡久地の指が割れ目をなぞり、

「あおおっ！」

と淫らな声をあげてしまった。男たちがゲラゲラ笑う。マリアは恥ずかしさのあまり、顔から火が出そうになる。

しかし、恥をかいたことなど、たいした問題ではなかった。一度触られてしまったことで、忍耐力が揺さぶられた。

反射的に淫らな声をあげてしまったほど、その刺激は峻烈だった。眼が覚めるようだったと言ってもいい。だが、目覚めたのは頭ではなく、体だった。体が意思をもち、この疼きをなんとかしてくれと悲鳴をあげはじめた。

もちろん、だからといって、自分の口から刺激が欲しいなどと言えるわけがなかった。マリアは自分が弱い女であることを知っていた。あの男——マリアをコ

ージから引き離した堂本は、恐るべき精力の持ち主だった。引き離されてから何週間もセックス漬けにされた。マリアはコージの元に戻りたくてしようがなかったのに、何度も何度も続けざまにイカされると、すべてはどうでもよくなった。

一度でも下手に出れば、弱い自分が露呈してしまうと思った。身も心もコージに捧げるという覚悟がじわじわと崩されていき、最終的には言いなりにされる……せっかく魔窟から救いだしてもらったのに、そんなことになったら、元の木阿弥ではないか。

「あううっ！」

再び、割れ目をすうっとなぞられた。今度は同時に、左右の乳首まで、コチョコチョ、コチョコチョ、とくすぐられた。それ以上のことはされなかったが、マリアは涙が出てきそうになった。人間、痛みをこらえるより痒みをこらえるほうがずっと苦しいとよく言われる。乳首と性器が痒くて痒くて、それはまるで百匹の蚊にでも刺されたかのようだった。

「オマンコを触ってほしいんだろう？」

渡久地の指先が割れ目に接近してくる。しかし、触れられることはない。乳首も同様だ。ほんの一センチ先に男の指があるのに、刺激は与えられない。限界を超えて鋭く尖っていく自分の乳首が、健気すぎて涙が出そうだ。

「我慢しないで素直になれよ」

渡久地が股間をのぞきこんでくる。

「下の口はだらしなく口を開いて、涎をタラタラ垂らしてるぜ」

「嘘っ！」

マリアは叫んだ。

「おっ、犯したかったら、犯せばいいわよ……でもわたしは、あなたたちみたいな男になにをされたって、絶対に感じないっ！」

虚勢ではなかった。堂本に抱かれてイッてしまったことはあるけれど、いまはもうあのときの自分とは違う。コージが堂本を殺してくれた。だから自分も命を賭けて快楽をこらえる。

「犯したかったら、犯せばいい？」

渡久地と舎弟たちが眼を見合わせて笑う。

「誰も犯すなんて言ってないだろ。俺たちはそんな無粋じゃない。おまえが犯してくださいって泣いてお願いしてくるまで、この時間が延々と続くだけさ」

「ううう……」

マリアが唇を噛みしめると、渡久地はオイルの瓶を股間の上で傾けた。粘り気の強い液体がツツーッと垂れてきて、クリトリスにかかった。パイパンなので、狙いが定めやすいのだろう。

「あああっ！」

もっとも敏感な部分にひやりとしたオイルがかかり、声が出てしまう。しかし、オイルの冷たさは、淫らに火照りきったマリアの体を鎮めてはくれなかった。むしろ、オイルの冷気に逆らってクリトリスはますます熱くなり、タラタラと割れ目に流れてくる感触が、掻痒感に拍車をかける。

「ううう……あああっ……」

マリアはたまらず身をよじった。とはいえ、手足はX字に拘束されているから、両脚を閉じることすらできない。もどかしさばかりが募っていき、体中が小刻みに震えだした。

男たちは三人いるから、指は全部で三十本のはずだった。なのに、三百本もの指が這いまわっている気がする。噴きだした汗がオイルと混じりあい、皮膚の表面を垂れ流れはじめたのだ。乳房の先端から裾野に向かって、あるいは、太腿の上から内腿に向かって、タラタラ、タラタラ、と……。

「そーら、根性見せてみろ」

渡久地がぶっとい中指を立てて、割れ目に近づけてくる。またなぞられる、と身構えたマリアを嘲笑うように、中指は花びらを巻きこんで中に入ってきた。

「はっ、はぁうううーっ！」

マリアは喉を突きだしてのけぞった。槍で串刺しにされたような衝撃は、けれどもすぐに消え去った。ずぶずぶと入ってきた中指は、締まりを確認するように中を軽く掻き混ぜてから、二、三秒で抜かれた。

「あああっ……あああっ……」

マリアの体は激しく震えだした。ガクガク、ぶるぶる……四十度を超える高熱でうなされたときでさえ、これほどの悪寒は経験したことがなかった。中指を入れられた衝撃より、それを抜かれた喪失感のほうが遥かに大きかった。体の一部がもっていかれてしまったような気さえした。

ごめんコージくん……。

マリアは胸底で、愛しい男に謝った。欲情の涙で視界が覚束なかったが、必死に眼を凝らして自分の恥丘を見つめた。こんもりと盛りあがり、オイルと汗で淫らなまでの光沢を放っていた。

堂本はそこを撫でながらよく言っていた。恥丘に刻まれた「肉便器」の文字。それこそがおまえの本性だと。澄ました顔をしていても、セックスが好きで好きでしょうがないのだと。性欲処理に犯されれば犯されるほど魅力を増していく、おまえはそういう女なのだと。

渡久地の指が、再び中に入ってきた。

「ああああーっ！　はぁあああああーっ！」

ごめんなさい、コージくん。わたし、もうダメかもしれない……。

4

「すいませーん！　コーヒーのおかわりください」

メイドふうの制服を着た女子店員に声をかけ、空になったカップにコーヒーを注いでもらう。心なしか態度が冷たい。いくらコーヒーのおかわり自由とはいえ、四杯も飲む客は滅多にいないのだろう。

コージだって飲みたくて飲んでいるわけではなかった。いい加減腹がタプタプしているし、胃にも悪そうだった。先ほどからなにか食べたくてしかたがないが、マリアが来る前に料理を注文するわけにもいかない。

苛々と貧乏揺すりをしながら、スマートフォンで時刻を確認した。ついに午後八時を過ぎてしまった。

いったいどうなっているのだろう？

約束の時刻は七時である。なのに、何度電話をしても、マリアは電話に出ない。向こうからもかかってこない。場所を間違えているということはあり得ない。このファミリーレストランは、マリアと同棲していたとき、よく一緒に訪れた思い出の場所なのだ。往時を偲ぼうと、わざわざふたりのお気に入りだった窓際の席に座っている。間違えようなどないのである。

舌打ちをしながら席を立ち、トイレに向かった。コーヒーの飲みすぎで、トイレまで近い。苛立ちが募っていくのを感じながら用を足し、乱暴に手を洗ってトイレを出た。

瞬間、嫌な予感がした。背後に人の気配を感じたのだ。そのファミレスのトイレはいったん店を出て、雑居ビルの階段をのぼった踊り場にある。人通りがほとんどなく、店内にかかっている音楽も聞こえない。

後ろから肩を叩かれた。ドクンッ、ドクンッ、と心臓が跳ねあがりはじめる。

額に脂汗を流しながら、シャツの裾に右手を入れベレッタのグリップをつかむ。

覚悟を決めて振り返った。

立っていたのは、いまにもフケが飛んできそうなモサモサの髪に瓶底メガネをかけた、浪人生風情の男だった。やくざにはとても見えない。

「これ、落としましたよ」

男がなにかを渡してきた。映画の半券だった。たしかに自分のものだったので、

「どっ、どうも……」

コージはひきつった笑みを浮かべて礼を言った。トイレに入っていく男の背中を睨みつけながら、脅かしやがって、と悪態をつく。こんなゴミを落としたくらいで、後ろから肩なんか叩いてくるんじゃねえよ。

ゴキゲンなクルマを手に入れ、浅草のコインロッカーに預けてあったシャブ入りアタッシュケースをピックアップすると、コージはすることがなくなった。マリアと違って、暇乞い（いとまごい）をしたい相手もいなかった。

時間を潰すため、映画館に入った。本当はハリウッド製のド派手なバイオレンス・アクションが観（み）たかったのだが、そういうプログラムは見当たらず、伝記もの、アニメ、ラブストーリーの三択だったので、ラブストーリーを選んだ。

　普段は恋愛映画など滅多に観ないが、贔屓の女優が出演していた。せっかくなので胸キュンを期待した。蓋を開けてみればドロドロの不倫群像劇で、見せ場はベッドシーンばかりだった。誰も彼も、家庭があるのに真っ昼間からセックスにうつつを抜かし、家に帰れば仮面夫婦。女がとくにひどい。もはや夫に愛など一ミリもないのに、離婚もせずに遊びまわる。出会い系で男を漁り、出張ホストにクンニさせ、挙げ句の果てにはずっと年下の大学生と３Ｐまでしてしまう乱れ方で、あまりの倫理観のなさに、コージは泣きながら勃起していた。

「裏がない女なんているわけないじゃない」

　贔屓の女優の決め台詞だ。臭ってきそうな薄汚いラブホテルで、乳首をツンツンに勃てながら言い放った。見事な脱ぎっぷりと、賞レースを総ナメにしそうなほど熱のこもった演技は評価していいけれど、裏のない女だっている！　とコージはスクリーンに向かって叫びたかった。

いるに決まっているではないか。

たとえばマリアだ。

　彼女はコージに対して、裏などない。過去にもなかったし、未来永劫ないだろう。自分だけを見つめてくれる、最高のパートナーだ。

怒り心頭で映画館から出てきたが、果たしてそうだろうか、ともうひとりの自分が言った。

「マリアだって、過去に一度、おまえを裏切ってるじゃないか。おまえと一緒に住んでいながら、堂本に抱かれた……」

違う！　と言いたかった。詳細は訊ねていないけれど、堂本がまともなやり方でマリアを口説いたとは思えない。暴力で脅すとか、逃げられないところに閉じこめるとか、ド汚いやり方でマリアをものにしたに違いなく、その後はハメ撮り動画を盾に離れられなくしたのである。

「本当にそうなのかな？」

もうひとりの自分はしつこかった。

「堂本に抱かれるのがそんなに嫌だったら、もっと本気で抵抗したんじゃないだろうか？　マリアが堂本を連れてきた日、服は少し汚れていたが、殴られた痕跡まではなかっただろう？　彼女の顔には青タンひとつできていなかった。ハメ撮り動画を撮られたって、自分が完璧な被害者なら、警察に届けるという方法だってあったはずだ。なるほど、レイプを告発すれば、セカンドレイプの被害者になる可能性だってある。しかし、おまえとの愛が本物なら、障害は乗り越えられると思うのでは？　だいたい、ハメ撮りで脅してくるような男に囲われればどうなるか、普通の頭があれば想像がつくんじゃ……」

そういう想念は、コージの胸の奥底に、ずっとこびりついていたものだった。二年前だって、マリアと愛しあっていた実感はあった。それなのに、あまりにもあっさりと自分の元から去っていった。もちろん、悪いのは九九パーセント堂本だろう。

だが残りの一パーセント、マリアに過失がなかったと断定することがどうしてもできない。堂本が撮影したというハメ撮り動画には、彼女があんあんよがっている姿が映っているのではないか……レイプどころかあられもなくイキまくっているから、警察沙汰に出来なかったのでは……。

ファミレスの店内に戻っても、マリアの姿はなかった。

コージはレジで会計を済ませ、一階の駐車場にとめてあるムスタングに乗りこんだ。暗い車内で何度か深呼吸してから、スマホを取りだし、あるアプリを開いた。

ＧＰＳ追跡アプリだ。

もうひとりの自分——持ってまわった言い方をしなくても、それはまぎれもなくコージの心の一部だった。疑惑が人としての道をはずさせた。ラブホテルでマリアがシャワーを浴びている隙に、彼女のスマホにＧＰＳ発信アプリを仕込んだのだ。はぐれたときのための保険だが、心の片隅に、また裏切られるかもしれないという恐怖があったことは否定できない。

だから、「別行動」と言われたときは、心臓が締めつけられた。

できれば使いたくなかった。

妹との別れを惜しんで、一緒に夕食を食べることになったのかもしれないし、話がはずみすぎてスマホのヴァイブに気づかないだけなのかもしれない。信じてやりたかったが、コージはアプリでＧＰＳを追跡した。

居場所はすぐに特定できた。

ＪＲ五反田（ごたんだ）駅付近だ。

訳がわからなかった。マリアの妹は渋谷の花屋で働いていると言っていた。たとえば食事をするにしても、渋谷から五反田に移動するのは不自然だろう。飲食店なら、それも若い女が好むようなおしゃれな店なら、五反田より渋谷のほうが圧倒的に多いはずだ。

あるいは、妹が住んでいる場所が五反田にあるのだろうか？　五反田で若い女がひとり暮らしというのも、いまいちピンとこない話であるが、可能性はゼロではない。勤務地が渋谷なら、山手線で三駅と近い。

それにしても……。

五反田は、待ち合わせのファミレスとは真逆の方角だった。目の前の山手通りを南下していけば五反田に着くけれど、山手線が走っている楕円形の、いちばん上といちばん下くらい離れている。そんなところまで足を運ぶのなら、約束の時間をずらしてほしいと連絡してくるのが普通ではないのか。

「……ふうっ」

コージは太い息を吐きだしてから、ムスタングのエンジンをかけた。

とにかく、行ってみるしかなかった。

道が混んでいて、五反田までは一時間近くかかった。

山手通りを延々と真っ直ぐ進んでいくだけなので、ドライブが単調でよけいに苛々した。

しかも、目的地は東口ロータリーに近い歓楽街の中にあるようだった。千鳥足のサラリーマンが赤ら顔で行き来し、キャバクラだのピンサロだの、やたらとチカチカした看板ばかりが眼につく場所である。

なにかの間違いではないかと思った。二十二歳と二十歳の姉妹が、いかがわしいピンクゾーンで食事をしたり、お茶を飲んだりするだろうか？　こんな昭和の匂いがプンプン漂っているおっさんたちの楽園にも、ぜひとも訪ねてみたくなるような、隠れ家的レストランがあるというのか？

呆然（ぼうぜん）としながらクルマをパーキングに入れ、酔漢を掻き分けて歩きだした。スマホを確認しながら、歓楽街を奥へ奥へと進んでいく。

角を曲がった瞬間、ドキリとした。

急に道の先が暗くなり、淫靡（いんび）な静けさが漂っていた。曲がる手前は照明がチカチカ、ＢＧＭもガンガンなので、異様な感じだった。

ラブホテル街らしい。男と女がセックスするためだけにやってくる、獣の匂いがする場所だ。地味な格好をした女がひとりでホテルに入っていくのは、デリヘル嬢だろう。五反田には伝説の性感マッサージ店をはじめマニアックな風俗店が多いと聞くが、そんなことはどうだっていい。

薄暗い路地の中でも、ひときわ陰鬱な門構えのラブホテルの前で、コージは立ちどまった。ＧＰＳによれば、マリアはここにいるようだった。少なくとも、彼女のスマホはここにある。

なぜ？　どうして？　という疑問は、とりあえず置いておくしかない。

どうにも暗すぎると思ったら、そのラブホテルは営業していないようだった。地下駐車場へと続く入口が、錆びた門で閉じられている。

鍵まではかかっていなかったので、少し開けて、体を中にすべりこませた。傾斜をおりていくと、黒塗りのアルファードが停まっていた。ボディはピカピカに磨きあげられ、ご丁寧にもすべての窓にスモークが貼られている。

心臓が早鐘を打ちはじめた。

アルファードのようなでかい高級車を好むのは、大家族、マイルドヤンキー、企業の経営幹部や政治家などのエグゼクティブ、そして、やくざである。黒塗りにスモークガラス、しかも廃ラブホテルの駐車場に停められているとなれば、やくざのクルマ以外考えられない。

コージは息をひそめて建物の入口に向かった。曇りガラスの自動扉が、開けっ放しになっていた。シャツの上から、腹に差しこんだベレッタに触れた。恐怖を打ち消すため、銃を抜いて構えたかったが、状況がわからなすぎる。向こうも銃を持っていれば、こちらの銃を見た瞬間、撃ってくるだろう。

とりあえず、銃は抜かずに様子を探ることにした。エレベーターは動いていなかったが、ところどころダウンライトの照明がついている。営業はしていなくても、誰かいる、というわけだ。

心臓が鼓動を速める中、非常階段の扉を見つけた。黴臭い匂いに閉口しながら、一歩二歩と、足音に注意しながらのぼっていく。

二階の扉が開けっ放しだった。

踏みこんだ瞬間、気配を感じた。セックスの気配だ。女のあえぎ声が聞こえてきた。それに導かれるように、コージは廊下を進んでいく。気配を放っている部屋は、すぐに特定できた。

「ああっ、いいっ！　いいいいいいーっ！　もうイキそうっ……わたし、イッちゃいそうっ……」

扉の外まで届くほど、大きな声をあげてよがっていた。声をあげている人間も、一瞬で特定できた。甲高いアニメ声――マリアの声には特徴がある。あえぎ声にはとくに……。

コージはベレッタを抜いた。頭に血が昇りすぎて、自分がなにをしようとしているのかわかっていなかった。なにが妹だ、とはらわたが煮えくりかえっていく。

また浮気で、またやくざなのかと、魂が小刻みに震えている。

とにかく、中の状況を確かめたかった。マリアが本当に、自分を裏切って他の男とセックスをしているのかどうか、確かめずにはいられなかった。

右手にベレッタを握りしめ、左手でゆっくりとドアノブをまわしていく。鍵はかかっていなかった。ノブを最後までまわしきり、ドアを蹴りながら部屋に踏みこんだ。

「動くなっ！」

ベッドの上で、マリアが男の上にまたがっていた。ベッドの側(そば)には、全裸で男根を勃てている男が他にふたりいた。そして、少し離れたソファに縛りあげられた女もひとり……マリアによく似た……。

5

一時間前——。

ベッドの上でX字に拘束されたマリアは、そろそろ限界を迎えようとしていた。

いや、限界ならとっくに過ぎて、もう少しで自分が誰であるかもわからなくなりそうだった。

オルガスムスを嚙みしめたかった。「イクッ！」と叫びながら全身を痙攣させ、痺れるような快感をむさぼり抜きたかった。

「恐ろしい根性だな……」

渡久地が呆れたように笑う。

「なぜそこまで耐えられる？　イキたいんだろう？　イカせてやるぞ。こっちだってもう、辛抱たまらなくなってるんだ。おまえがイカせてくださいとさえ言えば、天国に送ってやる」

「もっ……もう殺してっ……」

マリアは掠れた声でそう言った。殺してほしいと本気で思ったのは、生まれて初めてだった。体は限界を超えて発情しきって、きっとあと少しで自分を見失ってしまうだろう。その前に、この世に別れを告げたかった。コージへの愛だけを胸に抱いていれば、淋しくなんてない。

渡久地の執念深さは常軌を逸していた。三人がかりの性感オイルマッサージは、たぶんもう二、三時間も続いている。表面を触られているだけではない。時折、太い指が中まで入ってきて、ぐっとGスポットを押しあげられる。マリアは声をあげて眼をつぶり、涙が頬を伝う。欲情の熱い涙だ。指がすぐに抜かれると、釣りあげられたばかりの魚のように、ビクビクとのたうちまわる。それを見て男たちは笑っている。マリアは恥辱を噛みしめることもできないまま、快感欲しさに涙を流しつづける。

「おまえら、ちょっと縛り直せ」

渡久地が舎弟たちに命じ、マリアの足首に巻かれていた真っ赤なロープがほどかれた。伸ばしていた両膝を折り曲げられ、M字開脚で再び固定される。恥ずかしさを覚える前に、恐怖で身がすくんだ。渡久地がベッドで腹ばいになり、マリアの股間に顔を近づけてきたからである。

「ここまでこらえきったご褒美に、舐(な)めてやるよ。こう見えて俺は、クンニが苦手じゃないんだぜ。若い衆のころは、十も年上の銀座(ぎんざ)のねえさんたちをひいひい言わせていたもんさ」

「んんんーっ!」

マリアは紅潮した顔を歪めてのけぞった。卑猥なくらい尖らせた舌先で、花びらの縁を舐められたからだった。縁だけをしつこく舌先が這った。触るか触らないか、ぎりぎりのタッチがいやらしい。下腹の奥の方で、なにかが陽(ひ)を浴びたバターのように溶けていく。蜜が洪水のようにあふれだし、花びらがぱっくりと開いていくのがわかる。渡久地はじゅるっと蜜を啜ってから、花びらを口に含んでしゃぶりまわした。さらには舌先を尖らせて、ヌプヌプと浅瀬を穿ってくる。

「くっ……くぅうぅっ……」

指とは違う、生温かく柔らかい舌の感触が、体の芯まで染みこんできた。クンニくらいいままで数えきれないほどされてきたのに、舌の感触とはこれほどまでに気持ちがいいのかと、驚いてしまったほどだった。

もちろん、舌の持ち主はおぞましき凌辱者で、気持ちがいいなどと思ってはいけない。それでも、腰が動いてしまう。もっと刺激が欲しいとばかりにくねりだし、股間を出張らせてしまう。

「おい、おまえらも舐めてやれ」

渡久地が言い、両脇にいる舎弟たちがニヤリと笑った。

「あああーっ！」

マリアは悲鳴をあげて身をよじった。舎弟たちが舌を這わせてきたのは、腋窩だった。両手はまだ、バンザイの状態で拘束されている。無防備にさらけだされ、汗の溜まった左右の腋の下を、ペロペロ、ペロペロ、と舐められた。

続けざまに、乳首にオイルを垂らされた。いままでただの一度も触れられていない部分だった。刺激が欲しくて恥ずかしいくらいに尖りきり、のたうちまわりそうなほどの掻痒感に苛まれていた。その乳首にオイルが垂らされ、指先でくりくりと転がされた。

もちろん、腋窩を執拗に舐めまわされながらだ。

「あああああーっ！　あああああーっ！」

マリアは泣き叫んだ。発情しきった体がぐんぐんと熱くなっていく。体のいちばん深いところで、なにかが燃え狂っている。

「やっ、やめてっ！　もうやめてえええーっ！」

「嘘をつくなよ」

両脚の間で、渡久地が顔を脂ぎらせる。

「やめてほしくなんてないだろう？　こんな気持ちがいいこと……」

「はっ、はぁあああああーっ！」

渡久地の舌先が、ついにクリトリスをとらえた。包皮の上からのはずなのに、電気ショックを浴びせられたようだった。興奮しすぎたクリトリスはすでに、みずから剝けていたようだ。衝撃は愛撫をされているという感覚とは程遠かった。

まるで剝きだしの性感帯をヤスリでこすられているような……。

痛いくらいの快感が股間から頭のてっぺんまで響いてきた。ねちねち、ねちねち、といやらしく動きまわる舌先が、尖ったクリを舐め転がす。ぎゅっと眼をつぶると、瞼の裏に光り輝く波が見えた。オルガスムスの波が迫ってきていた。ゆうに十メートル以上ありそうな、いままで見たこともない高波だった。吞みこまれる、とマリアは身構えた。

しかし、波は襲いかかってこなかった。三人の男たちが、いっせいに刺激をやめたからである。

「いっ、いやあああーっ！　いやああああーっ！」

マリアは眼を見開いて男たちを見た。自分が媚びた表情をしていることなど、もうどうだってよかった。オルガスムスを寸前で逃したもどかしさは耐えがたく、正気を失わないのが不思議なくらいだった。眼を見開いているのに涙がとまらなかった。ズキン、ズキン、と乳首とクリが激しく疼いている。この疼きを鎮めるためなら、人間をやめてもいいとさえ思う。

「素直になれよ」

渡久地が服を脱いでいく。

「素直になって、俺の女になりますと言え」

見たくもないのに、マリアの視線は大蛇のようにそそり勃った男根に釘付けにされた。憎むべき凌辱者の、穢らわしい性器だった。なのに、視線をそらせない。見れば見るほど、顔も体も熱く火照っていく。

だがそれは、いつか来た道だった。堂本もマリアに「俺の女になれ」と繰り返し言った。拒むと失神するまで犯された。失神するほどすさまじい絶頂へと、力ずくで昇りつめさせられるのだった。そんな自分は、コージに相応しくない女だと思った。自分のような色情狂の肉便器は、堂本のごとき人間のクズに飼われ、風俗で働かされるのが当然なのだと……。

「まだ意地を張るのか」

渡久地がギラついた眼で嬉しそうに笑う。

「なら、とことん意地を張ってみろ。もっと俺を楽しませてくれ」

反り返った男根を握りしめながら、にじり寄ってきた。M字開脚に拘束されているマリアには、挿入を拒む術がなかった。

「ククク、パイパンっていうのは、とことん眺めがいいな。繋がるところが丸見えだ……いくぞ」

渡久地が腰を前に送りだしてくる。おぞましき男根が、マリアの中に入ってくる。びしょ濡れの花びらを巻きこみ、ずぶずぶと……。

「あああーっ！　はぁああああああーっ！」

マリアは声の限りに泣き叫んだ。自分が真っ二つに引き裂かれている感覚があった。心はたしかに拒んでいるのに、体が刺激を求めていた。渡久地のイチモツは申し分のないサイズだった。それを根元まで埋めこまれると、頭の中で金と銀の火花が散った。快楽の火花だった。この世のものとは思えないほど豪華で美しく、魅了されずにはいられない……。

「なかなか締まるじゃねえか」

渡久地が腰をグラインドさせる。指などとは比べものにならない長大な肉の棒が、中をしたたかに掻き混ぜる。

「それに肉ひだがねっとりからみついてくる。こりゃあたまんねえ。堂本が離したがらなかったわけだ」

渡久地は満足げに言いつつも、男根をゆっくりと抜いていく。凶暴に張りだしたエラが、内側の肉ひだを逆撫でにし、マリアは激しく身をよじった。ぎゅっと閉じた瞼の裏に、歓喜の熱い涙があふれていく。

しかし、渡久地はそのまま男根を抜いてしまう。次に突きがくるはずだと身構えていたマリアは、唖然とした。すさまじい喪失感に、全身が悪寒に震えだした。

さらに渡久地は前屈み(まえかが)になり、ツンツンに尖りきったクリトリスを、舌先で転がした。ほんの一瞬のことなのに、生温かい舌の感触が体の芯まで染みこんできて、

「ひいいーっ！」

とマリアは悲鳴をあげた。

もうダメだ、と思った。いままで何度も思ったけれど、今度という今度は本当に耐えられず、敗北を受け入れるしかないようだった。

マリアは「ひっ、ひっ」と嗚咽(おえつ)をもらしながら渡久地を見た。

「もっ、もう許してくださいっ……がっ、我慢できないっ……」

眼尻を垂らしたマリアの表情に、渡久地がニヤリと笑う。

「俺の軍門に降(くだ)るっていうなら、そういう時用の台詞があるだろう？　堂本に仕込まれてないとは言わせないぞ」

マリアは震える唇を噛みしめた。血が出そうなほど噛んだところで、もう一秒だってこの生殺し地獄を耐えられない。

「オッ、オマンコしてくださいっ……渡久地さんの大きいオチンチンで、マリア

のオマンコッ……オマンコめちゃくちゃに突きまくってくださいっ……イッ、イキたいのっ……イキたくてイキたくて、どうにかなりそうなのっ……」

「ようやく素直になったようだな」

渡久地は上体を起こしてうなずき、男根の切っ先を濡れた花園にあてがってきた。ヌルリとすべったその感触だけで、マリアの腰はビクンと跳ねた。

「素直になるなら、望み通りにしてやる。こってりと犯し抜いて、イキまくらせてやる……楽しもうぜ、お互い」

笑いながら腰を送りだしてくる渡久地の顔を、マリアは絶望を噛みしめながら眺めていた。

コージくん、ごめんなさい……あなたのマリアは、いま死にました……。

狂乱の宴が始まった。

マリアは縛られたまま、まず渡久地に犯され、それから舎弟のふたりに代わるがわる貫かれた。最初のローテーションで、マリアはゆうに十回のオルガスムスに達し、シーツは汗と愛液にまみれた。

マリアは手足のロープをほどかれた。ぐったりして、とても抵抗なんかできなかった。男たちは獣の匂いを放ちつづけたままだった。三本の電マで乳首とクリトリスを刺激され、マリアの眼は覚めた。もうイキたくなどないのに、刺激を受ければ発情してしまう、いやらしい女だと自分を呪った。

四つん這いで渡久地に後ろから突きあげられながら、舎弟の男根を口唇に咥えてフェラチオした。苦しくてしようがなかったが、苦しければ苦しいほど、オルガスムスの悦びは深まっていき、気がつけば騎乗位で腰を振りながら、二本の男根を口唇で代わるがわるしゃぶりまわしていた。

もうめちゃくちゃだった。マリアの体は連続アクメでスイッチが入ってしまったらしく、イッてもイッてもさらにイケた。正常位で渡久地に突きあげられながら、舎弟ふたりに電マで乳首やクリを責められると、三度立てつづけに絶頂を果たした。

どうにかなってしまう——などという境地はとっくに通りすぎ、壊れると思った。発情しすぎた体は淫らな痙攣がとまらず、脳味噌はピンク色に染まりきっていた。このままイキまくりつづければ、自分はきっと発狂してしまうだろうと思った。そのことに恐怖を感じていない自分が怖かった。拘束をとかれても逃げようともせず、マリアは自分から尻を突きだし、脚を開き、おいしそうに男根をしゃぶっていた。正気に戻ったときのほうがよほど恐ろしく、このまま発狂してしまうほうがいいとさえ思った。

そのとき、突然ドアが蹴破られた。

マリアは渡久地の上にまたがり、腰を使っていた。クイッ、クイッ、と股間をしゃくりあげながら、汗まみれの乳房を揺れはずませ、尖りきった先端を刺激してほしいと舎弟たちにねだり、フェラチオがしたくて涎さえ垂らしていた。

両脚の間に咥えこんだ男根は、限界を超えて硬くなっていた。射精が近そうだった。ならばこちらも同時にイキたいと、腰を振るピッチをぐんぐんあげていたときだった。

「動くなっ！」

コージが両手で拳銃を構え、こちらに銃口を向けているのが見えた。側にいた舎弟ふたりが、驚いて両手をあげた。ふたりとも全裸で、勃起していた。滑稽としか言いようがない光景だったが、マリアには笑うことなどできなかった。コージを見た瞬間、引き金を引いてほしい、と思った。自分のような肉便器は、その手であの世に葬ってほしかった。

しかし、考えていることとはまるで違う方向に、マリアの体は動いた。渡久地の上から飛び退き、小走りでコージに近づいていった。拳銃を奪い、渡久地に向かって撃った。

ズドンッ！　と耳をつんざく衝撃音がしたけれど、残念ながら弾丸ははずれていた。そのときはあたったと思った。マリアは確認する前に、舎弟のふたりに向かって引き金を引いた。

ズドンッ！　ズドンッ！　巨漢ふたりは胸から血を流しながら倒れ、二度と起きあがってこなかった。

「やっ、やめろっ……」

渡久地はあわてふためいてベッドから転げ落ち、四つん這いの情けない格好で部屋の隅まで這いつくばって逃げた。もちろん、逃げたうちに入らなかった。マリアは拳銃を構えたまま、一歩、二歩、と渡久地に近づいていった。全身を殺意が満たしていた。頭に血が昇りすぎているのだろう、目の前の光景が真っ赤に燃えあがって見えたくらいだ。

「待てっ！」

コージが拳銃を持っていた手を押さえ、銃口を天井に向けた。

「邪魔しないでっ！」

　マリアは反射的に叫んだ。

「こいつら、わたしを犯したのよっ！　わたしのことだけじゃなくて、妹のことまで……生かしておけないっ！　絶対に殺すっ！」

「いいから落ちつけ」

　コージが睨んできた。ひどく怖い眼をしていたので、マリアは一瞬、怯(ひる)んでしまった。彼に対する負い目が、怯ませたのかもしれなかった。

「あんた、堂本の仲間かい？」

「俺は〈不知火会〉の渡久地。堂本は俺が面倒を見ていた」

　コージはなにかを閃いたような顔をした。

「なあ、マリア。俺に考えがある。ここは任せてくれないか？」

　マリアはしばし逡巡(しゅんじゅん)してから、コクンと小さくうなずいた。部屋に静寂が訪れた。渡久地はひとり、震えていた。縮みあがった心臓が悲鳴をあげている音まで、聞こえてきそうだった。

「取引をしないか？」

　コージは自信に満ちた表情で渡久地に声をかけた。

「堂本が隠しもっていたシャブが、俺の手元にある。計量したら、三キロ弱あった。末端価格で二億円……かなり上ネタなんで、三億って話もある。それを一億で買い取ってほしい」

「……調子に乗るなよ、小僧」

渡久地は震えながらも、低く声を絞った。

「堂本は俺が面倒見ていた弟みたいな男だ。正式な盃は受けてないが、ずいぶんと融通を利かしてやった。その男の忘れ形見をかっさらっておいて、買いとってくれだと？　だいたい、堂本をハジいたのはテメエじゃねえのか？　極道相手に、あんまりナメたことを言わないほうがいい」

「わかった。じゃあここで死ね」

コージはマリアから拳銃を奪い、銃口を渡久地に向けた。

「待てっ待てっ待てっ……」

渡久地は焦りまくって両手で顔を隠す。

「わかった、わかった、わかった……誰も買わないとは言ってない。取引しようじゃねえか」

「一億出しても、三億でさばけば、あんただってずいぶんと儲かるんだ。悪い話じゃない」

「そっ、そうだな……悪い話じゃねえ……こんなとこでハジかれるよりよっぽどな」

「警察に通報したりしないよな？」

コージは顎をしゃくって、血まみれで倒れている舎弟たちを見た。

「するわけねえじゃねえか」

「死体の処理は任せたぜ」

「わかったよ」

「取引の詳細は後で連絡する」

「わかったから、もう行ってくれ」

渡久地は面倒くさそうに手で払う仕草をしたが、コージはニヤニヤと意味ありげに笑うばかりで、その場から動こうとしなかった。

第四章　死ぬほど愛して

1

犬飼は久しぶりにスーツを着てネクタイを締めた。

このところストレスによる過食で、少し太ったようだ。肩もウエストもきつかったが、新品を買い直すほどでもない。

西日暮里(にしにっぽり)までは、山手線で移動した。御徒町から四駅だが、朝の通勤ラッシュの時間帯だったので、ぎゅう詰めの満員電車に往生した。

西日暮里の繁華街の裏手にある雑居ビル——その三階に犬飼が面倒を見てもらっている〈高蝶一家〉の事務所はある。ビルの前に立つとさすがに膝が震えた。

体がまだ、恐怖を生々しく記憶していた。

振り込め詐欺の成果が思うようにあがらず、組員にシメられてから、たった一週間しか経っていないのだ。

本当にひどい目に遭った。〈高蝶一家〉には常軌を逸したサディストが揃っている。売上が予定の半分と報告するや否や、全裸で逆さ吊りにされた。それだけでもビビりまくりなのに、ソファで寝ていた蛭田が、ムクリと起きあがって近づいてきた。

蛭田は三十代後半で、とても極道には見えない身なりをしている。ヘビーメタルのギタリストのような肩まである長い髪に、黒い革ジャンと革パンツ。体中にジャラジャラとアクセサリーをつけ、時に薄化粧までしていることがあるが、〈高蝶一家〉の中でも最強のドSと恐れられている男なのである。

「おいテメエ、この包茎野郎」

蛭田が小さなペンのようなもので、逆さ吊りにされた犬飼のイチモツをいじってきた。犬飼は仮性包茎だが、そのときは恐怖に縮みあがって、真性包茎のようになっていた。

「四の五の言ってねえで、来月までに五百万つくってこい。できなかったら、こいつを皮の中に流しこむからな」

蛭田が持っていたのは、ペンではなく瞬間接着剤だった。逆さ吊りにされているにもかかわらず、犬飼の顔からは血の気が引いていった。

「ダハハハッ、そんなことしたら皮が剝けなくなっちゃいますよ」

「それどころか、小便ができなくなって膀胱破裂じゃね」

組員たちに囃したてられ、蛭田の眼は輝きを増した。

「どうなるかやってみるか？　俺たちもよう、いつまでも甘い顔してるからこんな包茎野郎にナメられるんだよ。いくぞこの野郎」

蛭田が瞬間接着剤のキャップを取ったので、

「かっ、勘弁してくださいーっ！」

犬飼はたまらず叫んだ。

「皮がくっついたらやばいですっ！　マジで困りますっ！」

「なにが困りますだ。困ってんのは、テメエみたいな薄ら馬鹿の面倒見てるこっちだってんだよ。流しこむからな、そーら」

恐ろしいことに、蛭田は本当にチューリップ状になった包皮の上で、容器を絞った。犬飼は泣きじゃくったが、皮の中に接着剤は流れこんでいなかった。直前で先端の角度を変え、陰毛にかけられたのだった。

「皮がくっついたら困るか？　オマンコできなくて泣いちゃうか？　泣け、泣け、泣け。テメエみたいな貧乏神が、オマンコしようなんて百万年早えんだよ。反省しろ、この野郎」

その調子で一時間以上いじめられつづけ、陰毛は接着剤まみれになった。瞬間接着剤の容器は小さく、それほど大量にかけられないのだが、どういうわけか事務所にはダース単位で常備されていた。

「……ふうっ」

よって、犬飼はいまパイパンである。皮の中に流しこまれなかっただけで九死に一生を得た思いだったが、接着剤で固まった陰毛は剃るしかなく、剃りながら泣いた。男のパイパンは毛ジラミ疑惑をもたれそうで、生えてくるまで風俗遊びもできない。

その蛭田と、犬飼はこれからサシで話しあうことになっていた。

理由は簡単だ。蛭田はシャブに眼がない。犬飼にシャブの味を教えこんだのも、あの男だった。頭のおかしいドSである蛭田が、妙にやさしくしてくると思ったら、ポンプでシャブをバンバン打たれ、いまでは彼の子飼いのプッシャーに月に五万は払っている。

「失礼します！」

　声を張って事務所のドアを開けると、蛭田が待っていた。他の組員はいなかった。人払いをしてくれたのだと思うと少し嬉しかったが、どういうわけか部屋の中央で仁王立ちになっている。

「パリッとした格好してるじゃねえか？」

　スーツにネクタイの犬飼を見て、蛭田は相好を崩した。

「こんな朝っぱらから呼びだしやがって、儲け話なんだろ？　前置きはいらねえ。本題から入ってくれ」

「わかりました」

　犬飼はソファに移動しようとしたが、蛭田は動かない。

「座らないんですか？」

「こちとら徹マン明けでよう。腰が痛えから立ったまま話は聞く」

　よく見ると、眼の下に隈ができ、ただでさえ人相の悪い顔が、ますます凄みを増していた。

「じゃあ、あの……自分もそうします……」

相手が立ったままなのに、自分だけ座るわけにはいかなかった。教師に説教をされる生徒のようで落ち着かなかったが、我慢するしかない。

「自分の知りあいのやくざもんに釣りバカがいまして……そいつが東京湾沖で船釣りをしているとき、おかしなブイを見つけたそうなんです。引きあげてみると、中には大量の白い粉が……どこかの組が、漁船を使って密輸しようとしていたんでしょう。そうじゃなきゃおかしいくらいの量なんです。でも、知りあいの組はクスリ関係が御法度なもんで、組の看板を使わずに取引できるところはないかと、自分に相談をもちかけてきて……」

ガンッ、といきなり頬を殴り飛ばされ、犬飼は床に転がった。すぐに起きあがり、直立不動になる。殴られるのはいつものことだが、いまの話のどこに、殴られる要素があったのだろうか？　まさか嘘が見抜かれたのか……さすがにご都合主義が過ぎたか……。

「いい話じゃねえか」

蛭田は笑っていた。

「テメエみたいな馬鹿がもってくる話にしちゃあ上出来だ。あんまりいい話なんで、つい手が出ちまった。勘弁しろよ」

「いっ、いえ……」

犬飼はひきつった顔で笑った。それにしても、腰が痛いとは思えないほど体重の乗ったいいパンチだった。顎に入っていたら、しばらく立ちあがれなかっただろう。

「組の看板を使わないってことは、相手は匿名か？」

「そういうことです」

「ケツもちは出てこねえんだな？」

「出てきません」

強いて言えば自分です、とは口が裂けても言えない。

「量はどれくらいある？」

「三キロ弱……」

ガンッ、と再び頰に衝撃が走る。また床に倒れたが、すぐに起きあがり直立不動だ。犬飼はニヤニヤと笑っている。

「けっこうな量じゃねえか。さばけば二億になる」

「いえ……自分、炙り(あぶ)で確認してみたんですが、かなりの上ネタなんです。なのでうまくいけば三億、それ以上でもさばけるかも……」

　ガンッ、と三度目の衝撃が走った。床に転がると、起きあがる前に、革靴の爪先が腹に飛んできた。二発、三発……犬飼はたまらず、胃の中のものを床にぶちまけた。

「ド素人(しろうと)が生意気な口きくんじゃねえ。テメエがいつも食ってるシャブなんて、混ぜ物ばっかのチンカスネタなんだよ。わかったようなこと言ってねえで、さっさとサンプル出しやがれ」

　蛭田は言い放つと、体を投げだすようにしてソファに腰をおろした。この男は絶対に、腰など痛めていないと犬飼は確信した。殴りやすいから、立ったまま話をしただけだ。おそらく麻雀(マージャン)で負けた憂さ晴らしだ。

　それでも犬飼は、ネタにだけは自信があった。内ポケットからサンプルのシャブを出して、蛭田に渡した。

「床のゲロ、ちゃんと掃除しとけよ」

　蛭田はポケットからポンプを出すと、革ジャンの袖を乱暴にめくって左腕を出した。注射ダコを隠すためだろう、蛭田の腕の内側には訳のわからない梵字(ぼんじ)の刺青(いれずみ)が入っている。

犬飼はホクホク顔で〈高蝶一家〉の事務所のある雑居ビルから出てきた。

顔も体も痣だらけだったが、蛭田から色よい返事を貰えたのだ。

「なるほど……こりゃあ混ぜ物なしの上ネタだ。これならオヤジに話をもっていける。ただし、いきなり二億はちと難しいな。まずは半分、一・五キロを八千万で交渉しろ。振り込め詐欺もそろそろ潮時だからな。シャブがあれば、しばらくしのげる……先方への返事は少しだけ待ってくれ。とりあえずオヤジに話を通してみるから……」

事務所に来る前から、犬飼には勝算があった。近ごろ〈高蝶一家〉の組員が苛々しているのは、しのぎがやせ細っていくばかりだからなのだ。風俗はアジア系に押され、裏カジノは摘発の憂き目に遭い、手づまりになって極道としては邪道である振り込め詐欺でもするしかない。このままではジリ貧は眼に見えているから、おいしい儲け話が喉から手が出るほど欲しかったはずなのである。

とはいえ、ここまでうまくいくとは思っていなかったので、自分のタフ・ネゴシエーターぶりを褒めてやる。

ご褒美に、帰りは山手線ではなくタクシーで御徒町まで戻った。コージを説得し、なんとしてでも八千万で交渉をまとめてやろうと鼻息が荒くなる。八千万でも大金だし、どうせすぐに残りの半分も引きとることになるだろうから、コージにそれほど損をさせるわけではない。ウィン・ウィンだ。

しかも、蛭田は言ってくれた。

「これだけの儲け話をもってきたとなれば、テメエもいつまでも準構成員ってわけにいかねえな。オヤジに頼んで、盃貰えるようにしてやるから」

いよいよ自分にも運がまわってきたか、と目頭が熱くなるのを禁じ得なかった。いまどきやくざの構成員になるなんて馬鹿だと言うやつもいる。しかし、現実問題、準構成員ではナメられてばかりだし、やくざというよりセコい犯罪者のようなものなのである。

盃さえ貰えれば……。

犬飼は鼻歌でも歌いだしたい気分でタクシーをおり、振り込め詐欺のアジトのあるマンションの前に立った。このアジトとも、すぐにおさらばだ。「かけ子」をやってるような、性根の据わっていない半端者と付き合わなくてすむと思うと、本当にせいせいする。

エレベーターに乗る前に、蛭田から電話が入った。すぐに金を用意するので、明日にでも取引したい――それ見たことか、と犬飼は小躍りしたくなった。やはり蛭田は、この話に前のめりになっている。早速コージに電話をかけ、取引の時間と場所を伝える。

「明日の午後九時、晴海の倉庫だ」

詳しい場所をメモさせて電話を切り、エレベーターで階上に向かった。値引きの件は伏せておいた。説得は現場ですればいい。コージにしても、八千万の現金を前にすれば、そこまで頑なにならないだろう。人間なんて、気持ちの変わりやすい生き物だ。

ところが……。

エレベーターをおり、アジトの呼び鈴を押したときだった。四、五人の男たちがいっせいに物陰から飛びだし、襲いかかってきた。一瞬、なにが起こったのかわからなかった。相手は全員ガタイがよく、ラグビーのスクラムのような感じで迫ってくる。犬飼はろくに抵抗もできないまま、スクラムと金属製のドアに挟まれ、息ができなくなった。

「なっ、なにしやがるっ……」

「警察だ！」

信じられなかった。

まさかこんなタイミングで、アジトにガサ入れが入るなんて——。

2

コージは羽田空港にいた。

まだ午前七時台にもかかわらず、出発ロビーはこれから旅に向かう浮かれた連中でごった返していたが、その片隅でマリアとカンナは手を握りあい、涙眼で見つめあっていた。

ふたりとも白いワンピース姿だった。ゆうべコージが、下着などと一緒にディスカウントショップで買い求めてきたものだ。揃いの服を着てると、本当によく似た姉妹だった。ふたりとも綺麗だから、行き交う男たちの眼を惹いている。

カンナは若いのに気丈な女だった。

やくざにひどい目に遭わされ、助けたときは声をかけても返事ができない放心状態だったが、芝浦のビジネスホテルに移動してシャワーを浴びさせ、ひと晩ぐっすりと眠ると、今朝にはさっぱりした顔をしていた。

「わたし、全部忘れるから」

強い眼でそう言い放ち、胸を張った。そんな妹の姿に、マリアのほうが泣き崩れた。カンナはもう涙を見せず、泣きじゃくる姉を逆になだめていた。

とはいえ、さらわれたマンションに戻すわけにもいかないので、北海道にある実家に戻れるよう、コージは飛行機のチケットを手配した。カンナは都会暮らしに未練があるようだったが、かなりひどい目に遭ったので、一時的にでも実家に戻ったほうがいいと考えてくれたようだ。

「それじゃあね」

手を振って手荷物検査場に向かうカンナの顔には、笑みさえ浮かんでいた。いずれまた都会に戻ってきて捲土重来(けんどちょうらい)を期す、とでも言いたげだった。

ただ、彼女を見送ってからもマリアの沈鬱な表情は晴れなかった。マリアにしても、本来はカンナに負けないくらい気丈な女なのに……。

責任を感じているのだろう。自分のせいで妹まで巻きこんでしまった——その強い贖罪(しょくざい)の念が、ためらうことなく渡久地と舎弟に向かって引き金を引かせたに違いない。

ムスタングで空港を離れた。

押し黙ってぼんやり外を眺めているマリアは痛々しく、コージは声をかけることができなかった。

コージにしても、カンナに申し訳なくてしようがなかったからだ。マリアがカンナを巻きこんだのなら、コージにも同じだけ責任がある。しかも、狼藉を働いた舎弟ふたりを撃ち殺したマリアに対し、コージはボスの渡久地を助けた。もちろん、考えがあってのことだし、マリアもいずれわかってくれると思うが、いまはひどく後ろめたい。

ひとつ、朗報があった。

つい先ほど犬飼から電話が入り、取引の時間と場所を伝えられた。明日の午後九時、晴海の倉庫――〈高蝶一家〉の組員に頭があがらない犬飼にしては、迅速に交渉をまとめてくれたほうだろう。

ただし、全面的に信用するわけにはいかない。こちらには組織の後ろ盾もなにもないのだ。頭を使って立ちまわらなければ、ブツだけ取られて東京湾のアナゴの餌にされてしまうかもしれない。

「そこ、右に曲がって」

突然マリアが声をあげ、

「えっ？」

コージは戸惑いながらハンドルを切った。

「どうしたんだよ？　こっちに行ってもなにもないぜ」

あたりは巨大な工場や倉庫が立ち並んでいるばかりで、ファミレスの看板ひとつ見当たらない。突きあたりは東京湾だ。

「いいから」

マリアは相変わらずぼんやりした顔をしていたが、口調ははっきりしていた。海に向かって真っ直ぐ進んでいくと、目の前に公園が現れた。といっても、埋め立て地の公園だ。緑はあってもやけに殺風景な雰囲気で、子供たちが遊ぶ姿もない。

「ちょっと話を……したいんだけど……」

マリアが言ったので、コージは公園の駐車場にクルマを停め、エンジンを切った。にわかに訪れた静寂に胸を締めつけられながら、マリアの言葉を待った。

「ごめんなさい」

マリアは横顔を向けたまま、震える声で言った。

「わたし、コージくんを裏切った……」

「なんの話だよ？」

コージは鼻で笑った。マリアの表情があまりにも深刻そうなので、笑い飛ばしでもしなければ、聞いていることが苦痛になりそうだった。

「コージくんだって、わかってるでしょう?」

「なにが?」

「コージくんがラブホテルの部屋に踏みこんできたとき、わたし、渡久地の上にまたがって腰を使ってたのよ。騎乗位でいやらしい声をあげて……それもね、手足を拘束されて犯されたわけじゃない。妹がこっちを見ていることだってわかってたのに、腰を振るのをやめることができなかった……」

わっと声をあげて泣きだし、両手で顔を覆った。

「わたしって、そういう女なの。発情しちゃうと、とにかくイキたくてイキたくて、すべてがどうでもよくなるっていうか……要するに、エッチが大好きな『肉便器』なのよ。それがわたしの正体なの……」

「全部忘れるんだ」

コージは静かに言った。

「カンナは頭がいいよ。過ぎたことでうじうじ悩んでるなんて、時間の無駄だ。体にも悪い。明日のことだけ考えていればいいんだ」

「本当に？　本当にそう思ってるの？」

マリアが涙を流しながらこちらを見る。

「堂本のときだって、そうだったのよ。最初は無理やりだったけど、だんだん気持ちがよくなってきて、もうコージくんのことは、どうでもいいやって……」

「二度としなければいいだけの話だ」

「格好つけないでよ！」

マリアが怒声をあげた。彼女に怒声を浴びせられるのは、間違いなく初めてのことだった。

「本当は幻滅したんでしょ？　幻滅するに決まってる。やくざにまたがって腰を振ってるわたしを見て……わたしだって自分で自分に幻滅した。コージくんが拳銃を構えて部屋に飛びこんできたとき、最初に銃口を向けたのはわたしにだった。コージくんの眼つき、わたしに対してすごく怒ってた。撃たれる、って思った。撃ってほしい、とも思った。こんなところ見られちゃって、わたしもう、生きていけないって……」

馬鹿なことを言うなよ、と笑い飛ばすことはできなかった。マリアが、コージの腹に差したベレッタをシャツの上から強く握りしめていたからである。

「いまからでも遅くない……撃って、コージくん……浮気者のわたしを殺して……『肉便器』をあの世に葬って……」

「……本気なのか？」

コージが低く声を絞ると、マリアは涙眼でうなずいた。

「俺を残して、ひとりであの世に行っちまうのか？」

「やくざにまたがって腰を振ってたわたしは、もうコージくんの側にはいられない。側にいられないなら、死んだほうがマシ」

「……そうか」

コージは太い息を吐きだした。

「俺のこと、愛してるから死ぬのか」

「そうよ」

「なら殺してやる」

ドアを開け、クルマをおりた。それもまた、ひとつの愛の形なのかもしれなかった。死にたがっている人間に、生きろ、と強制するのは難しい。望み通りにあの世に送ってやるほうが、やさしさの場合がある。

あたりを見渡すと、人影はなかった。

コージは腹からベレッタを抜いた。

「そこに立て、後ろを向いてな」

マリアは覚束ない足取りで欅の大木の前に立った。安物の白いワンピースだが、マリアが着ているとドレスのような輝きがあった。手足が長く、腰の位置が高いから、後ろ姿でもいい女であることがはっきりわかる。

コージが拳銃を構え、銃口を後頭部に押しつけると、マリアの脚は震えだした。それでも、振り返りはしない。やがて、彼女の足元にポタポタとなにかがしたたってきた。失禁してしまったようだった。

「気にしないで！」

マリアはわざとらしいくらい明るい声で言った。もちろん、そう装っているだけで、声音は可哀相なくらいひきつっていた。

「おしっこまみれで死ぬなんて、『肉便器』に相応しい最期じゃない！」

「……そうか」

コージは引き金に指をかけた。コージの手もまた、小刻みに震えていた。後頭部に押しつけた銃口を通じて、その震えが伝わるのだろう。マリアが身をすくめる。

コージは大きく息を呑み、引き金を、引いた。

カチッ、と冷たい音がしただけで、弾丸は出なかった。マリアにわからないように、抜いてあったのだ。

引き金を引いた瞬間、マリアの腰は砕けた。彼女は本気で死を覚悟し、すべてが終わったと錯覚したに違いない。

崩れ落ちそうになるマリアの体を、コージはベレッタを放りだして抱きとめた。ぶるぶると震えている体に活を入れるように、尻を強く叩いた。マリアが自力で立てるようになると、欅に両手をつかせた。ゆばりでびしょ濡れのワンピースの裾をめくりあげ、パンティをずりさげた。尻を突きださせて、コージもズボンをさげた。

「おまえはたったいま、死んだ……昨日までのおまえは……」

言いながら、男根の切っ先で桃割れをなぞりあげる。狙いを定めて、腰を前に送りだす。失禁で冷たく濡れた女の割れ目を、ずぶずぶと貫いていく。

「あああああーっ！」

奥まで突きあげられた衝撃に、マリアが欅をつかむ。ピンクベージュの上品なネイルが施された指で、ゴツゴツした樹皮を搔き毟る。

「死んだんだ……おまえはもう死んだんだ……」

「ああああーっ！　はぁああああーっ！」

ピストン運動を送りこむと、マリアは手放しでよがり泣いた。死線を越えたことが、彼女を興奮状態にしているようだった。パンパンッ、パンパンッ、と尻を鳴らして突きあげると、体中を激しく痙攣させた。まだ挿入したばかりだというのに、早くもイッてしまいそうだ。

「こっ、殺してっ……わたしを殺して、コージくんっ！」

「もう死んだって言ってるだろうっ！」

「しっ、死ぬっ……わたし死んじゃうっ……死ぬっ死ぬっ死ぬっ……ああああーっ！　はぁあああああーっ！」

長く尾を引く悲鳴をあげて、マリアはオルガスムスに駆けあがっていった。ぎゅっと締まった肉穴が、男根を食い締めながら女体の痙攣を伝えてくる。眼も眩むような快感に、コージは我を失いそうになる。

だが、そう簡単に精を吐きだすつもりはなかった。死線を越えたマリアを、もっと翻弄したかった。失神するまでイカせつづけ、生きている実感をたっぷりと嚙みしめさせてやりたかった。

3

「パクられたときっていうのは逆に、男をあげるチャンスなんだ」

取調室の粗末な椅子に座らされた犬飼は、〈高蝶一家〉の組員の言葉を思いだしていた。蛭田ではない。あの男は下っ端をいたぶりたいだけだが、ためになる説教をしてくれる者だっていないわけではない。

「しつこい取り調べにうんざりしてくると、誰だって全部ゲロして楽になりたいと思うもんさ。だが、仲間を売れば、待っているのは復讐（ふくしゅう）だけ。娑婆（しゃば）に出たとき、顔をあげて歩けない。もちろん、うつむいて歩いていたところで、生きているのが嫌になるような災難ばかりが襲いかかってくる。逆に、どんなに苦しくてもウタわずにいれば、一目置かれる存在になれるし、娑婆に出たとき絶対に誰かが助けてくれる。これは本当だ。わかるな、犬飼。おまえはいま、振り込め詐欺の仕切り役っていう逮捕要員だ。なにかあれば真っ先にパクられる。だが、ピンチはチャンスだと覚えておけ。パクられたときこそ、根性見せるのが男だぞ」

ピンチはチャンス——犬飼は胸底でその言葉を繰り返した。

自分はいま、まさしくピンチの状態だ。

逮捕要員とはいえ、マニュアル通りに動いていれば、そう簡単に捕まらないのが振り込め詐欺だと言える。なのに捕まった。もちろん、密告されたのだ。密告者の見当もついている。ポンコツの中瀬古だ。

こちらが甘やかしてやっているのいいことに、成果もあげずに小銭ばかりたかってくるから、頭にきてシメてしまった。もともと薄かった頭髪を一本残らず毟りとってやると、血まみれの落ち武者のような姿になった。思いだすといまでも笑いがこみあげてきそうになる。寄ってたかってみんなの笑いものにされた中瀬古は、翌日からアジトに来なくなった。

すかさずやつのアパートまで出向いていき、密告などしないようきっちりクンロクを入れておくべきだった。犬飼はコージとのやりとりや蛭田との交渉に時間を割かれて忙しかった。とはいえ、取引の段取りをつけてから逮捕されたのは、不幸中の幸いと言っていい。ここで黙秘を通しきれば、男はあがるし、分け前だって手に入るのだ。コージにバックレられることだけが心配だが、信用するしかないだろう。やつともいろいろあったけれど、二年間一緒にやばい橋を渡りつづけた絆（きずな）というものがある。

「いい加減しゃべってもらえませんかねえ」

取り調べの担当者は、二十代と思しき若い刑事で、やたらとつるんとした顔をしていた。これ以上あからさまに、苦労を知らない顔というのもなかなかお目にかかれない。

おそらく、役所に入るのと同じノリで刑事になった薄ら馬鹿だろう。子供のころから坊ちゃん育ちで、勉強も運動もスマートにこなす人気者。仕事は二の次、大事なのはプライヴェートであり、そのためには、安定した収入がなによりも大切というわけだ。

こんなやつに誰がしゃべってやるものか、と闘志がみなぎる。この若造は、全裸で逆さ吊りにされる恐怖を知らない。ペニスの包皮に瞬間接着剤を流しこまれそうになり、泣きじゃくりながら許しを乞うたことなどあるわけない。男の値打ちは経験で決まる。場数を踏んだ者のみが、根性を鍛えられる。刑事と容疑者として対面していても、人間の格は遥かにこちらのほうが上だ。

「あのね、はっきり言って、犬飼さんのためにもしゃべったほうがいいと思うんですよ。これ以上黙秘を続けていると、災難が降りかかってきますよ」

まったく、臍で茶を沸かすような脅し文句だった。思わず笑ってしまいそうになると、ノックの音に続き扉が開いた。

入ってきたのは、制服姿の婦人警官だった。キリッとした顔立ちをし、パリコレのモデルのように背が高い。

「組織犯罪対策第四課の椿堂紗理奈（つばきどうさりな）です」

意味がわからなかった。マル暴の刑事が、なぜ婦人警官の格好などしているのだろう？

それにしても、いい女だった。警察の取調室で、こんな眼福が味わえるとは今日はツイている。いまとなっては猫とネズミの関係とはいえ、犬飼は子供のころ、婦人警官が大好きだった。最近はあまり見かけなくなったけれど、昔はミニパトがよく街中を走っていて、見かけると全速力で追いかけたものだ。もちろん、婦人警官がミニパトからおりるときのパンチラを期待していた。目撃できれば、しばらく自慰のおかずには困らなかった。

「あなたが犬飼さん？」

婦人警官が声をかけてきた。低くてクールな声だった。

「振り込め詐欺をやってたような人間のクズのくせに、黙秘ですって？　あんたみたいな虫けらに付き合ってるほど、警察は暇じゃないの。さっさとしゃべって、仕事をさせてちょうだい」

「おいおい、ずいぶんと口のきき方がなってねえなあ……」

犬飼はさすがに言葉を返したが、次の瞬間、スパーンッと頬を張られた。信じられなかった。婦人警官がいきなり暴力というのもあり得ないが、そのビンタは蛭田のパンチより痛かった。格闘技経験があるとしか思えない……。

スパーンッ、スパーンッ、スパーンッ、嵐のような往復ビンタが襲いかかってきて、犬飼はたまらず椅子から転げ落ちた。気を取り直す隙もなく、鳩尾に拳が突き落とされる。息がとまり、動けずにいると、婦人警官と若造刑事は、ふたりがかりで服を脱がしてきた。

「おっ、おいっ！　なにしやがるっ！　なにしやがるんだーっ！」

ようやく出た声は完全に裏返っていて、情けない悲鳴のようなものだった。犬飼はあっという間に全裸にされ、
自分のブリーフを口の中に突っこまれた。

「そんなにしゃべりたくないなら、しゃべらなくていいから」

「ほら、さっさと準備して」

婦人警官が若造刑事に向かって顎をしゃくる。若造刑事は犬飼の後ろにまわり

こみ、両手を押さえながら両脚をひろげてきた。よくAVで見かけるスタイルだが、犬飼は潮を吹かされようとしているAV女優ではない。

「なんなのそれ……」

婦人警官はパイパンの股間を見て酸っぱい顔をした。

「どうせ毛ジラミかなんかにやられたんでしょうけど、最低の男ね」

そうではない！　と犬飼は叫びたかった。顔から火が出そうだった。つるつるのペニスを美女の前でさらけだすのは、生きているのが嫌になるほど恥ずかしいものだと知った。

「ストレス解消したいから、あんまり早くゲロしちゃダメよ」

婦人警官は口の端に意地の悪い笑みを浮かべながら、ハイヒールでペニスを踏んできた。強くではなく、うりうりといたぶるようなやり方だった。よく見ると婦人警官のスカートはやけに短く、ひっくり返った蛙のようになっている犬飼からは、スカートの中がのぞけた。肌色のストッキングに包まれた肉感的な太腿から、ナイロンに透けた紫色のパンティまで……。

「なに汚いものおっ勃ててるのよ」

婦人警官がペニスを踏みながら睨みつけてくる。犬飼はたしかに勃起していた。

踏み方がじわじわと強くなっていくにしたがって、破裂しそうなほど膨張していく。

「あなた、詐欺師の上にド変態なの？　そのパイパンも、どっかの女王様に剃られたんじゃないでしょうね？」

ハイヒールの底が、勃起しきった男根から離れた。ホッとしたのも束の間、婦人警官はクリスティアーノ・ロナウドを彷彿とさせる見事なキックフォームで右脚を大きく振りあげ、

「おうっ！」

と野太い声をあげて、睾丸をしたたかに蹴りあげてきた。

犬飼は声も出なかった。衝撃に目ん玉が飛びだしそうになり、死んだ、と思った。それほど強烈なキックだった。自分がサッカーボールだったら、ネットを突き破って客席上段に飛びこんでいただろう。

もちろん、犬飼はサッカーボールではないので、衝撃に続いて悶絶が訪れた。息はとまり、涙はとまらず、あまりの痛みに暴れだしたくても、後ろから押さえている若造刑事の力が異常に強くて、身をよじることさえできない。

「さあ、もう一丁いってみようか」

婦人警官が屈伸をし、足首をまわす。

「ぅんぐっ！　ぅんぐっ！」

犬飼は火が出そうな顔を左右に振った。口にブリーフが詰めこまれているせいで、声が出せなかった。吐きだそうとしても、先ほどのビンタの影響なのか、顎に力が入らず無理だった。もう一度彼女のキックを受けたら、睾丸が破裂してしまうだろうと思った。そんな目に遭うくらいなら、すべてをゲロしたほうがマシだった。男をあげるもへったくれもない。睾丸を潰されてしまえば、男でなくなってしまうのである。

彼女が望むなら、振り込め詐欺の手口から背後関係まで、すべてをつまびらかにする用意があった。それでも足りないと言うのであれば、シャブの取引についてしゃべってもいい。明日の午後九時、晴海の倉庫に行けば、三キロのシャブを押収でき、一攫千金(いっかくせんきん)を狙う金の亡者を一網打尽に逮捕できるのである。悪くない話ではないか？　これはとんでもない手柄ではないのか？

しかし――。

「ぅんぐっ！　ぅんぐっ！」

必死の形相ですがるような眼を向けても、婦人警官はニヤニヤ笑っているばかりだった。

「いくわよ……」

と右脚を大きく振りあげ、

「おうっ！」

と野太い声をあげて、犬飼の股間を情け容赦なく蹴飛ばした。

4

渡久地は怒りで頭の血管が切れそうだった。

全裸でベッドにX字で拘束されていた。マリアとその男にやられた。拳銃を突きつけられてベッドにあお向けになれと命じられ、ふざけるなと怒鳴ると、ガラスの灰皿で頭を割られた。いまはもう止まっているが、かなり血が出て、後頭部がヌルヌルしている。

それはいい。頭を割られたことなどいままでに何度もあるが、乳首にピンクローターがガムテープで貼りつけられていた。スイッチオンの状態でだ。

そして股間には電マのヘッド。手に持つ部分が、腹にガムテープでぐるぐる巻きにされている。ブーン、ブーン、と容赦なく振動する電マのヘッドが、ペニスを刺激しつづけている。

その姿を見て、マリアは「ぷっ」と噴きだし、男は腹を抱えてゲラゲラと笑っていた。

こんな屈辱は初めてだった。

若いころから狂犬と恐れられ、いまでは武闘派の名をほしいままにしている渡久地が、チンピラとも言えないクソガキ相手に、ここまでナメたことをされるなんて……。

しかも、この状態で拘束されてから、そろそろひと晩が過ぎようとしていた。壁の時計が狂っていなければ、マリアとその男、そしてマリアの妹がここから出ていったのが午後九時前。いまはもう、午前八時過ぎだ。延々十一時間以上も、この屈辱に耐えているのである。

渡久地の顔は脂汗にまみれ、息はあがっていく一方だ。

「そのうち事務所に電話をして、助けを寄こさせてやる。そうしなきゃ、取引できないもんな」

クソガキはそう言い残して去っていったが、若い衆はいっこうにやってこない。

いったいどうなっているのだろう？　この渡久地を、とことんナメきっているのか。それとも、マリアとカンナを犯された、意趣返しのつもりか。堂本を殺し、シャブを奪っておきながら、逆ギレも甚だしいではないか。

渡久地は怒りに打ち震えながら、勃起していた。

そのことが、極道のプライドをしたたかに傷つける。最初は勃起などあり得ないと思っていたが、考えが変わった。乳首と股間にひと晩中振動を受けつづければ、赤い球が出た爺さんだって勃起するのではないだろうか。ましてや渡久地は精力絶倫。男盛りを満喫するため、一ダースの愛人を取っ替え引っ替え、夜ごとハードなセックスに励んでいる性剛なのである。

「ちっ、ちくしょう……」

いくら歯を食いしばっても、男根は硬くなっていく一方で、感度まで高まっていく気がする。最悪なことに、渡久地の頭と体には、マリアを抱いた記憶がまだ鮮明に残っていた。千人斬りの渡久地でさえ、あれほど抱き心地のいい女は他に知らない。抱き心地のいい女とはなにか？　顔やスタイルも判断材料のひとつにはなるが、それ以上に重要なのは反応だ。感じやすくイキやすい女ほど、男を満足させてくれるものはない。

その点、マリアは素晴らしかった。三人の男を向こうにまわし、驚くべきスタミナを発揮して、イッてイッてイキまくった。感じやすくイキやすいだけではなく、呆れるほどに貪欲だった。恥丘に彫られた「肉便器」の文字は伊達じゃなかった。あれほどの淫獣は、ついぞお目にかかったことがない。

「むうう……」

五体の肉という肉を淫らがましく痙攣させながらオルガスムスを嚙みしめているマリアを思いだすと、男根はいよいよ射精を求めて疼きだした。渡久地は身をよじり、手足を拘束しているロープを引きちぎろうとした。もちろん、無理だった。しかし、手首や足首にロープが食いこむ痛みが、少しだけ射精から気持ちを逸らせてくれる。

射精などしたら最後だった。

若い衆が助けにきてくれたとき、股間がザーメンまみれになっていたら、大恥をかくことになる。いまの状況でも充分に恥ずかしいが、喧嘩に負けてうんこを漏らすような恥の上塗りである。

「まったく、なにやってやがるっ……さっさと来ねえかっ……来ねえと出るっ……出ちまうっ……おおおっ……おおおっ……」

眼を見開いても、見えているのは部屋の風景ではなく、マリアのフェラ顔だった。綺麗な顔をしているくせに、下品すれすれのいやらしい舌使いを披露して、舎弟たちは一度ずつ口で抜かれていた。

渡久地はひとり意地を見せ、怒濤のイラマチオで対抗してやったが、あれほど具合のいい口マンコもまたとない。舐めさせてよし、しゃぶらせてよし、頭をつかんでこちらから突いてやると、喉奥で亀頭をキュッキュと締めつけてくる離業まで繰りだして、もう少しで口の中に漏らしてしまうところだった。舎弟たちの前でなければ、おそらくそうしていただろう。

マリアのフェラをこらえきれた自分なら、電マの刺激などものの数ではないはずだった。マリアは美人で抜群のスタイルの持ち主。裸を見ているだけでムラムラとこみあげてくるものがあるが、電マなんて工業製品丸出しのルックスをした、単なるマッサージ器ではないか……。

「おおおっ……おおおおっ……」

それでも声が出てしまう。こっちの刺激も悪くないでしょ、と電マのささやきが聞こえるような気がする。まずい。頭に血が昇りすぎて、いよいよ幻聴まで聞こえてきたか？

「おおおっ……ダメだっ……ダメだあああっ……」

男根の芯がカアッと熱くなり、次の瞬間、ドピュッと射精した。こらえにこらえた後だけに、涙が出るほど気持ちよかった。渡久地は野太い声をもらしながら、長々と時間をかけて男の精を漏らしつづけた。

最後の一滴を漏らしおえると、計ったようなタイミングで、電マとローターはピタリととまった。あまりに長時間、連続使用していたので、壊れてしまったのかもしれない。射精の余韻と振動からの解放感で、渡久地はそのままうっと意識を失っていった。


失神していたのは、それほど長い間ではなかったようだ。

「カシラッ！　カシラッ！」

若い衆の声で意識を取り戻しても、股間を濡らしているザーメンがまだ生温かかった。

「カシラッ！　大丈夫ですかっ！」

組の若い衆がふたり、手足の拘束をといてくれる。体を自由にされても、起きあがろうとすると激しい眩暈が襲いかかってきた。頭の中では、電マとローターの振動音がしつこくこだましていた。ベッドの上でうつむいた状態で、十分ほどなにもすることができなかった。

若い衆たちは、マリアに殺されたふたりの舎弟の死体を、ブルーシートに包む作業を開始した。まだ十九、二十歳の若造だった。死体処理にも慣れていないから、顔を歪めたり、眼をそむけたり、怯えが伝わってくる。

「おい……」

渡久地はようやく立ちあがった。口の中が粘つき、声が掠れていた。

「道具持ってきてるか？」

「はい」

「貸せ」

若い衆に銀メッキされたトカレフを渡されると、渡久地はマガジンを抜き、弾丸が入っていることを確認した。それから、前に立っていた若い衆の腹を撃った。倒れた背中から心臓を狙い、トドメを刺した。

銃声に仰天し、なにが起こったのかわからないという顔をしているもうひとりの若い衆にも、銃口を向けて引き金を引く。トカレフは音が軽くて好きになれない。しかし威力はそれなりにあり、こちらも二発であの世に送ってやった。

「……ふうっ」

溜息をついて、まだ銃口の熱いトカレフをベッドに転がす。やくざの世界でも人材不足が深刻で、若い衆がふたりも同時にいなくなるのは、自分で自分の首を絞めるようなものだ。

しかし、殺すことにためらいはなかった。あんな醜態を見られたからには生かしてはおけない。彼らは礼儀をわきまえており、クスリとも笑わなかったが、気づいていたはずだ。渡久地の股間が白濁したザーメンにまみれ、イカくさい異臭を放っていることを。それを知った者を生かしておいては、やくざなどやっていられないのである。

「あのガキは……あのクソガキだけは……」

拳を握りしめ、怒りに肩を震わせる。死んだのは若い衆ふたりだけではなかった。魔羅兄弟になるほど可愛がっていた舎弟がふたり、それに加えて堂本まで、あのクソガキとマリアのせいで死んでいった。

ただではすまなかった。

極道の威信にかけて、念入りに礼をしなくては夜も眠れそうにない。

簡単に殺してなどやらないし、八つ裂きにしたって勘定が合わない。生まれてきたことを後悔するようなむごたらしい目に遭わせ、殺してくれと哀願しても延々と嬲(なぶ)りものにしてやらなくては……。

ギリリと歯噛みしたとき、スマホが鳴った。

知らない番号からだったが、かけてきた相手は想像がついた。

「もしもし……」

やはり、クソガキからだった。

「組の人間が助けにいっただろう？」

「……ああ」

「一億円、用意できそうかい？」

「……なんとかな」

渡久地は必死に平静を保ちつつ言葉を継いだ。

「取引のときに、中身は確認させてもらうがね。テメエが言う通りの上ネタなら、こっちにとっても悪い話じゃない」

「ああ、悪い話じゃない」

「取引の場所と時間は？」

「明日の午後九時、晴海倉庫」

詳しい住所をメモして電話を切った。

すぐに組事務所に電話を入れ、新たな若い衆を寄こすように命じる。そして、明日に備えて兵隊と道具を用意するようにとも。

あんなクソガキに、金などビタ一文渡すつもりはなかった。ド素人がやくざを相手にシャブを売りさばこうだなんて、思いあがりも甚だしい。明日はその現実を、野郎にたっぷりと思い知らせてやる。

5

「取引成立だ」

電話を切ったコージの曇りのない笑顔を見て、マリアは不安になった。

「大丈夫なの?」

「なにが?」

「だって……」

マリアは眉をひそめて身を寄せていく。

「あの男……渡久地って、堂本が心の底から恐れていたとんでもない悪党なのよ。

そんな男と取引だなんて……」

「舎弟がふたりもぶち殺されて、おまけに朝まで電マ地獄だからな。怒り狂って頭の血管何本か切れてるんじゃないか」

「そうよ」

「俺がやつなら、金なんか一銭も用意しない。トランクの中身は札束じゃなくて、自動小銃だ。そいつをぶっ放して、俺とマリアをミンチ肉にするだろう」

「そこまでわかっていて、どうして……」

「まあまあ」

　コージはマリアの頬にキスをすると、

「ちょっとシャワーを浴びてくるよ」

　ニヤニヤと笑いながら、バスルームに消えていった。

　コージがなぜそれほど余裕でいられるのか、マリアには完全に謎だった。しかし、その一方で、彼ならきっとうまくやってくれる、という確信もある。昼間もそうだった。弾丸を込めずに拳銃を撃ち、熱い男根で後ろから貫いてきたコージはカッコよすぎて、思いだすだけで濡れてくる。本気で死にたいと思っていたマリアの魂を、鮮やかに蘇生させてくれた。

ふたりは蒲田のラブホテルにいた。

東京湾に隣接した殺風景な公園で野外セックスをしてから、ここに移動してきてもう一度体を重ねた。まだ一回しかしてないのに、シーツはふたりの汗や体液でびっしょり濡れ、獣じみた淫臭でむせかえりそうだ。

コージくんが好き、コージくんが好き、コージくんが好き……。

胸底で唱えれば、これからだって何度でもイケるだろう。コージのペニスは何度発射しても硬いままで、マリアはそれを大切に可愛がる。この世にあれほど自分を幸せにしてくれるものはない。いままでいろいろな男に抱かれてきたけれど、コージのものだけはやっぱり特別だ。

もし明日の取引が失敗し、やくざの放つ銃弾で蜂の巣になっても、彼と一緒なら怖くなかった。むしろ、血の海でふたりが倒れている光景を想像すると、映画のワンシーンのようにロマンチックに感じられた。

ロマンチック？

たしかにそうだけれど、これは映画ではなく現実だった。急に怖くなって、隣にコージがいないことが不安になった。シャワーを浴びるだけにしては、ちょっと時間がかかりすぎではないだろうか？　マリアはバスタオルを体に巻きつけ、バスルームに向かった。シャワーの音がしなかった。扉を開けると、コージはのんびり湯船に浸かっていた。

「どうしたんだよ？」

こちらを見て笑う。その顔は相変わらず謎の余裕に包まれて、見れば見るほどマリアは不安になっていく。

「ひとりにしないで」

「ハハッ、じゃあ一緒に入るかい？」

マリアはうなずいてバスタオルを取り、コージの両脚の間にヒップを入れた。彼に背中を向ける格好だ。そのホテルの浴槽は広かったので、ふたりで脚を伸ばして入ることができた。

「そんなに心配かい？」

マリアは前を見たままうなずいた。死ぬのが怖いわけではなかった。ただ、コージが殺されてしまうのは怖い。彼のペニスが大きくならず、ひとつになれなくなったときのことを想像すると、涙が出てきそうになる。

「種明かしをしてやろうか？」

「そんなのあるわけ？」

マリアは首をひねってコージを見た。

「俺たちは、明日の取引に行く必要はないんだ。少なくとも、時間通りには行かない」

意味がわからなかった。

「午後九時、晴海の倉庫でばったり顔を合わせるのは、犬飼が面倒見てもらってる〈高蝶一家〉と、渡久地の〈不知火会〉……そのふたつの組織は犬猿の仲なんだよ。そういう噂は、『かけ子』をやってたとき耳にしたことがあった。だから、渡久地が〈不知火会〉の名前を出したときピンときてさ……」

コージはゆうべのうちに、知りあいに電話を入れて探りを入れたらしい。

噂は本当だったという。〈高蝶一家〉も〈不知火会〉も上野界隈を活動の拠点にしているから、このところ小競り合いが絶えない。どちらの組員も、傷害で逮捕者まで出している……。

「そんな連中が、夜中の倉庫でばったり顔を合わせたらどうなるか……渡久地は俺たちを殺そうといきり立っている。完全武装して死体処理の準備までしているに違いない。〈高蝶一家〉だって丸腰で来るわけないから、鉢合わせになって、ドンパチが始まらないわけがないんだ」

マリアは瞬きも呼吸も忘れ、コージの顔に見入っている。

「渡久地は金なんか持ってくるわけがないが、〈高蝶一家〉のほうはそうじゃない。振り込め詐欺みたいな汚れ仕事にしゃかりきになるくらい、台所は火の車なんだ。喉から手が出るほどシャブが欲しいはずだから、満額でなくてもかならず金は用意してくる。俺たちはドンパチが終わったあたりで倉庫に行き、血の海に沈んでいるやくざの死体を横眼で眺めながら、金だけピックアップすればいいってわけ。やくざは面子で生きてるから、全員死ぬまで撃ちあうだろう。たとえ満身創痍で生き残ってても、俺にトドメを刺されるだけだ。おまえとカンナの仇である渡久地も、これできっちりあの世行き。犬飼みたいなボンクラはたぶん、いの一番に撃ち殺される。となると、分け前だって渡す必要がない。シャブまでこっちの手元に残ったままだから、そのうちまたどっかでひと勝負できる……どうだい？　なんか言えよ。これでもまだ心配か？」

マリアは首を横に振り、

「感動して声が出なかったの……」

バシャバシャと湯を波打たせて振り返り、コージに抱きついた。

「なんて頭がいいの！　完璧な作戦じゃない！」

「だろ？」

ぎゅっと抱きしめてくれたので、マリアはコージにキスをした。すぐに舌をからめあうディープな口づけになり、お互いの体をまさぐりはじめた。

第五章　キリング・ムーン

1

　暗い車内の後部座席で、椿堂紗理奈は拳銃の点検をしている。M37エアウェイト、しみったれた拳銃だ。相手はやくざなのだから、サブマシンガンで一網打尽にすればいいのに。

　ドアが開き、上司の守谷が乗りこんできた。

「今日は婦人警官の格好じゃないんだな。ああいう冗談はいい加減やめてくれ。フォローが大変だ」

　守谷は嫌みったらしく苦笑したが、紗理奈はニコリともしなかった。紗理奈は今日、黒いタイトスーツに身を包んでいる。マックスマーラで新調した。

「わかってるな、紗理奈」

「なにがです?」

横顔を向けたまま答える。

「絶対に先に撃つなよ」

「……わかってますよ」

「今度先に発砲したら、さすがの俺も庇いきれない」

「わかってますって」

守谷の言葉を断ち切るように、ガチャッ、とシリンダーを戻した。

紗理奈は丸腰のやくざを蜂の巣にし、左遷されかかった過去がある。守谷に揉み消してもらった。恩など感じていない。そういうときのために、体を与えているのだ。妻子ある彼のイチモツを舐めしゃぶり、ピルを飲んでまで中出しさせてやっているのだから、その程度の尻ぬぐいは当然のことだとさえ思う。

紗理奈はやくざが嫌いだった。誰だって嫌いだろうが、犯罪者と比べて、という意味である。殺人犯や強盗犯には、背後関係を洗っていけば同情の余地がある場合もある。しかし、やくざは違う。秩序を踏みにじることを生業にし、堅気の人間を罠に嵌めて甘い汁を吸い、それを誇りにすらして生きている。

死ねばいい、と思う。善良な市民であれば、そう思わないほうがおかしい。そして警察は、善良な市民に代わってやくざ組織と対峙しているのだ。先に引き金を引いてなにが悪いのだろう。相手が丸腰であろうがなかろうが、悪党を地獄に堕とすのが警察の役割に決まっているではないか。

紗理奈がそういう考えに至ったのには、理由がある。警察官として、やくざの悪事を目の当たりにし、義憤に駆られたからではない。そういう偽善者を、紗理奈は絶対に信用しない。憎悪の源泉にあるのは、いつだって個人的な出来事だ。

紗理奈はひとつ年下の弟をやくざに殺された。直接手を下されたわけではないが、麻薬に嵌まってしまい、鬱状態で投身自殺を遂げたのだ。

当たり前だが、弟に麻薬を売りつけたのはやくざである。

紗理奈は涙が涸れるまで泣きつづけ、立ちあがったときにはやくざに対する復讐を胸に誓っていた。

鉄の女——紗理奈は子供のころからそう言われていた。学業で男子に負けたことなど一度もないし、上背が一七五センチあるから力勝負だって負ける気がしない。柔道と空手の有段者でもある。たいていの男が相手なら、足だって紗理奈のほうが速い。

だが、紗理奈は鉄の女ではなかった。乙女チックと言ってもいいような女らしい恋心を、子供のころから胸に秘めて生きていた。

ただ、それは人には言えない道ならぬ恋だった。恋の相手は弟のサトル——もっさりした風貌はオタクっぽく、お世辞にも格好いいとは言えない。コミュ障気味だから、女子と仲良くやっているところなど想像もつかない。しかし、紗理奈は可愛くて可愛くてしかたがなかった。

実家に住んでいたときは、それでもなんとか理性を保って暮らしていた。やさしい姉を演じながら、ベッドに入るとサトルに抱かれているところを想像して自慰に耽っている程度だった。

しかし、東大に通っていた二十歳のころ、サトルがアニメーターを育成する専門学校に入学するために田舎から上京してくると、タガがはずれてしまった。1DKの狭いマンションでのふたり暮らし——もうどうしようもなかった。

紗理奈は常々、家事のできない男にはセックスをする資格がないと公言している。女と愛しあいたいなら、まずは男の自立が必要——にもかかわらず、サトルには炊事、洗濯、掃除のいっさいをさせなかった。実家にいるとき、サトルの面倒を見るのは母親の特権だった。その特権が自分に移ってきたことに舞いあがっていた。

とくに洗濯には興奮した。

紗理奈はサトルの匂いが好きだった。自分の体が汗くさいと我慢ならず、大学の講義が残っていても自宅に帰ってシャワーを浴びることさえあるのに、サトルの匂いならいつまでも嗅いでいられる。

とはいえ、最初から下着泥棒のような真似をしていたわけではない。汚れものをランドリーバスケットから洗濯機に移すとき、ほのかに漂ってくる芳香を楽しんでいただけだ。

だが次第に、手に取っている時間が長くなっていった。少し湿っぽいブリーフの手触りにドキドキし、洗濯機にそれを入れてから、指の匂いを嗅いだ。移り香に、うっとりと酔いしれた。

一度だけと自分に言い訳しながら、次につまんだブリーフを鼻に押しあてた。むせかえりそうな獣の匂いに、胸の高鳴りがとまらなくなった。サトルは容姿的にも性格的にも男らしい男からはかけ離れている。なのにブリーフの匂いは、こんなにも男らしい……。

「なにしてるの？」

サトルの声に、心臓が停まりそうになった。紗理奈は眼をつぶってブリーフの匂いを嗅ぎまわしていたので、弟が背後に立っていたことに気づかなかったのだ。

「それ……僕のパンツだよね？」

サトルの眼に軽蔑が浮かんだ瞬間、紗理奈の中でなにかがはじけた。それが自分の悪いところだと当時から自覚していたが、追いこまれると逆ギレてしまうのが紗理奈という女なのだった。

「あなた、オナニーばかりしてるでしょ？」

「はあ？　してないけど……」

「嘘ばっかり。匂いを嗅げばわかるのよ。アニメーターになるために上京してきたくせにひとりでいやらしいことばかりして、授業料を出してくれている親に申し訳ないと思わないの？」

紗理奈は夜叉のような怖い顔で詰め寄ったはずだ。サトルはたじろぎ、後退った。紗理奈がさらに迫っていくと、弟の背中は壁にあたった。

「正直に言いなさい。オナニーしてるでしょ？」

「してないってば……」

恥ずかしそうに赤面しているサトルが可愛すぎて、紗理奈の胸はキュンと締めつけられた。しかし、嘘をつくのは許せなかった。若い彼が、オナニーをしていないわけがない。紗理奈だってしている。ほぼ毎日……時には一日に二度も三度も……。

「あなた知ってるわよね、わたし嘘つきがこの世でいちばん嫌いだって」

「姉ちゃんだって知ってるだろ？　俺、リアルな女に興味ないし」

「アニメを見ながらしてるわけ？」

「だからしてないって……ううぅっ！」

紗理奈の右手は、気がつけばサトルの股間を鷲づかみにしていた。

「じゃあ、確かめてあげる。本当にリアルな女に興味がないかどうか……」

股間をまさぐりながらささやくと、次第に大きくなっていった。そら見たことか、と胸底で快哉を叫ぶ。と同時に、紗理奈は自分の股間も熱く疼いていることを感じていた。

いままでもこれからも、紗理奈の愛した男はサトルだけだ。しかし、セックスは知っていた。この世に自分に知らないことがあるというのが許せなかったので、中二のとき塾の経営者を誘惑して寝た。それからも、高校の教頭や、家庭教師をしている生徒の父親など、ずっと年上の中年男性を相手に経験を重ねていった。そういうタイプが好きなのではない。間違ってもファザコンなどではなく、熟練の大人を相手にしてベッドテクの偏差値をあげたかったのと、自分が生きている世界で権力をもっている人間の弱みをつかみたかったのと、不倫は普通の恋愛より面倒が少なそうだったから、そうしたまでである。

だが、そんなセックスで心の底から興奮したことなど一度もない。サトルとのまぐわいを妄想して自慰に耽るときにしか、オルガスムスに達したことはない。

「やっ、やめてっ……やめてよ、姉ちゃんっ……」

ズボンをおろされそうになって、もじもじと恥ずかしがっているサトルの可愛らしさはどうだろう？　見ているだけで、濡れて濡れてしかたがない。ズボンだけではなく、ブリーフまでおろさずにはいられなくなる。

「あああっ！」

真っ白いペニスをさらけださせると、サトルは女のような悲鳴をあげた。いまにも泣きだしそうな顔で、紗理奈の肩を叩いてきた。

紗理奈は負けなかった。その場にしゃがみこみ、まだ勃起していない親指ほどのペニスを、口に含んだ。

サトルはもう悲鳴をあげなかった。肩も叩いてこなかった。若い彼は、紗理奈の口の中でぐんぐんと勃起していった。大きくなった肉の棒を、紗理奈は丁寧にしゃぶりあげた。味や匂いを堪能しながら、慈しむように舐めまわした。

サトルはそのまま射精した。それから、風呂に入る前にフェラチオをするのが日課になり、童貞を奪うまで時間はかからなかった。

紗理奈は楽しくやっているつもりだった。外では気を張って生きていても、家に帰ればラブラブな楽園が待っている。サトル以外には誰にも見せない、生身の女の顔をさらけだせる……。

舞いあがっていたのだろう。人生ただ一度の恋が成就して、舞いあがらないほうがおかしい。

サトルの異変に気づくことができなかったのは、そのせいだった。毎日紗理奈の体をむさぼりながらも、彼は彼なりに禁断の関係を思い悩み、ストレスフルな生活を送っていたのである。

サトルと暮らしはじめて一年ちょっとが経ったころ、紗理奈に短期留学の話が舞いこんできた。ゼミの担当教授の紹介だったので断りきれず、欧州に向かう機上の人となった。

三カ月後、日本に帰ってくるとサトルは豹変していた。げっそりとやせ細り、虚ろな眼をして、呂律がまわっていなかった。悪いクスリを使っていることはすぐにわかった。

アニメーターを目指していたサトルは、紗理奈が不在の間、自分の作品づくりに没頭しようとしていたようだ。そういうときのサトルの集中力は感心するほどで、徹夜くらいは日常茶飯事だったが、このクスリを使えば二日や三日は寝ないでもすむと、そそのかされたらしい。

結局、誰にそそのかされたのかは、わからなかった。内気なサトルが、麻薬の売人とどうやって知りあったのかも不明なままだった。サトルの豹変に驚いた紗理奈が、対応策を考えてまごまごしているうちに、マンションの屋上から飛び降りてしまい、楽園は呆気なく崩壊した。紗理奈が欧州から帰国して、二週間後のことだった。

誰かに相談すべきだったのかもしれない。紗理奈は自分ひとりでサトルを救おうとして、無闇に時間を使ってしまった。母を田舎から呼んで見張っていてもらえば、衝動的な自殺をとめられたかもしれない。

紗理奈は怖かったのだ。みずから望んでサトルと関係をもったにもかかわらず、それを人に知られるのが恐ろしかった。精神科医にかかれば、そういったことまで話さなければならなそうで、二の足を踏んでしまった。両親には、もっと知られたくなかった。両親にすべてを話すくらいなら、錯乱状態で暴れているサトルを押さえているほうがマシだった。

紗理奈は自分を責めた。サトルの後を追い、自分もマンションの屋上から飛び降りようかと、何度思ったか知れない。

だがやがて、本当に悪いのは自分ひとりなのだろうか、と思いはじめた。サトルをそそのかし、麻薬を売りつけた人間がいちばん悪いのではないだろうか。それが誰であるかはわからなかったし、警察もおざなりにしか捜査してくれなかったが、はっきりしていることがひとつあった。

悪いのはやくざだ。

サトルと直接コンタクトをとったのはただの不良かもしれないが、そいつにヤクを卸しているのはやくざに違いないのだ。この国で麻薬の供給源になっているのは、やくざ以外にはあり得ないのである。

「動きがあったみたいだ」

守谷の声で、紗理奈はハッと我に返った。

夜の埠頭は暗く静まり返り、車内もまるで海底にいるような重苦しい静寂に支配されていた。時計を見ると、時刻は午後九時十分だった。予定を十分ほど過ぎている。

「倉庫に〈不知火会〉の渡久地が現れたらしい」

「えっ……」

紗理奈は眼を見開いた。

「〈不知火会〉？　どうして〈不知火会〉が……」

犬飼という振り込め詐欺師によれば、彼らを管理しているのは〈高蝶一家〉であり、そこの蛭田という組員にシャブの取引をもちかけたということだった。〈不知火会〉の話など、犬飼の口からはひと言も出なかった。おまけに〈高蝶一家〉と〈不知火会〉は現在、かなりシリアスな対立関係にある。

「理由はわからん。犬飼にネタをもっていったハルヤマコージという男が、〈不知火会〉にパイプがあるのかもしれん」

「……そうでしょうか？」

紗理奈は眉をひそめて首をかしげた。守谷もヤキがまわったのかもしれない。

ハルヤマコージは、振り込め詐欺の「かけ子」である。〈高蝶一家〉の下に犬飼がいて、さらにその下にいる使い捨ての紙コップのような存在だ。そんなチンピラ以下の三下が、敵対組織にパイプをもてるはずがない。

とはいえ、これはチャンスかもしれなかった。〈不知火会〉の渡久地と言えば、上野界隈では指折りの乱暴者として知られている。すでに何人も人を殺めているはずなのに、なかなか尻尾をつかませないキレ者でもある。

紗理奈は常々、いつかこの手で地獄に送ってやりたいと思っていた。倉庫が銃撃戦の修羅場となれば、引き金を引くチャンスが訪れるかもしれない。

「行くぞ」

守谷が車外に飛びだしたので、紗理奈も反対側のドアを開けて夜闇の中に躍りでた。右手には、M37エアウェイト。渡久地をハジく相棒としては、いささか心許ないが、不満もない。サブマシンガンなどなくても、やくざ者の一匹や二匹、かならずやこの手で仕留めてみせる。

背を低く屈めて走った。他のクルマからも刑事が飛びだし、いっせいに目当ての倉庫に向かう。私服刑事が全部で八人。いずれ劣らぬ精鋭ばかりが揃っている。

倉庫の中はすでに怒号が飛びかっていて、それが外まで聞こえてきた。声だけで銃声はない。刑事たちは二手に分かれ、一方が裏口にまわる。紗理奈は正面突破組だ。前には守谷がいる。

いくぞ、と守谷が振り返って目顔で言い、ドアを開けて踏みこんだ。やくざはつかみで十人ほどいた。それが二手に分かれて相対し、どちらも銃を構え、顔を真っ赤にして怒鳴りあっていた。

「なんでテメエたちがここにいるんだよっ！」

「こっちの台詞（せりふ）だ馬鹿野郎っ！」

若い衆を率いて叫んでいる渡久地は、なんとサブマシンガンを構えていた。麻薬の取引になぜそこまでの武装をしているのか、意味がわからなかった。取引に見せかけた出入りなのか？　これはもはや、銃刀法違反どころの騒ぎではない。予告も威嚇（いかく）もへったくれもない。掃射されれば、全滅してしまう。

「動くなっ！　警察だっ！」

守谷が叫ぶのとほぼ同時に、紗理奈は引き金を引いた。乾いた銃声が、倉庫の高い天井に響いた。渡久地の額に狙いを定めたが、残念ながらあたったのは腕だった。

「うがっ！」

渡久地が倒れこみ、天井に向かってドドドドッとサブマシンガンが火を噴く。それが合図であったように、相対していた組員がいっせいに引き金を引いた。耳をつんざくような銃声が轟(とどろ)いた。

「警察だよ、馬鹿野郎っ！　撃つんじゃねえっ！」

叫んでいる守谷の、舌打ちが聞こえてきそうだった。紗理奈さえ発砲しなければ、いきなり撃ちあいにはならなかったのだ。応援部隊を呼ぶ時間だってつくれただろう。

しかし、時すでに遅し。守谷はもう、振り返って嫌味ったらしい眼を向けてくることもできない。前を向いて引き金を引かなければ、自分の命が危ないのだ。銃声が幾重にも重なりあい、怒号が飛びかう。紗理奈も容赦なく撃ちまくった。あちこちでやくざが倒れる。気持ちがいい。皆殺しにしてやりたい。

だが──。

渡久地にトドメを刺そうと身を躍らせた紗理奈の胸を、非情な弾丸が撃ち抜いた。撃ったのは渡久地ではなく、〈高蝶一家〉の蛭田だった。以前、取調室で手足の関節を片っ端からはずしてやったことがあるが、その恨みを晴らそうというわけか。衝撃に体が吹っ飛び、紗理奈は油じみた床に転がった。

ツイてない。これは致命傷かもしれなかった。

血の海に倒れている十人のやくざを見下ろせば、さぞやスカッとしたことだろう。

それだけはいささか残念だったが、我が人生に悔いはなかった。サトルがいないこの世界に、ハナから未練などありはしない。サトルが死んでから、紗理奈はずっと死んだように生きてきた。いまさら命を惜しむより、あの世でサトルと再会できることを祝福したい。

「ううう……」

人間のクズをひとりでも多く道連れにするために、最後の力を振り絞って体を起こした。怒号も銃声もいっこうに鳴りやまず、硝煙の向こうで火花が散っている。紗理奈が銃を構えて撃つ前に、弾丸がさらに胸を貫いた。一発や二発ではなかった。紗理奈に恨みを抱いているやくざは、蛭田ひとりではなかった。

紗理奈はきりきり舞いをしてもう一度床に倒れこんだ。胸でいくつもの血の薔薇（ばら）が燃えていた。なにも問題はなかった。あの世でサトルに再会したときの、手土産（みやげ）にすればいい。

2

「いったいどうなってやがる……」

　命からがら修羅場の倉庫を脱出した渡久地は、夜の埠頭を走った。撃たれた左腕から血が流れていたが、たいしたことはない。サブマシンガンを抱えていても、全速力で走れる。どこかで止血すれば、医者に頼る必要もないだろう。

　それにしても……。

　なぜあの倉庫に〈高蝶一家〉がいたのだろうか？　それも、何度も煮え湯を飲まされている蛭田の野郎が……。

　マリアとその男が、〈高蝶一家〉にケツをもたせたというのはあり得ない。取引の相手が敵対組織の〈不知火会〉である以上、〈高蝶一家〉がそんな話を受けるはずがないからだ。

　実際、向こうも〈不知火会〉が現れたことに驚いていたようだ。そして、いきなり銃口を向けてきた。こちらはこちらで、サブマシンガンを構えて倉庫に踏みこんだのだが……。

しかも、である。そのうえ、警察までやってくるなんて、まったく訳がわからなかった。最初に引き金を引いた女は、椿堂紗理奈というクレイジーコップだ。やくざを目の敵にしていて、丸腰でも撃ってきた話は有名だし、あの女に取り調べを受けると、全身に墨が入った狂犬でもキャンと鳴かされるという。戦前の特高警察も眉をひそめるような、とんでもないリンチを行なっているらしい。

「つまり……あのクソガキに嵌められたってわけか……」

それにしても、辻褄（つじつま）が合わなかった。倉庫の中に、マリアとその男の姿はなかった。連中は、シャブを金に換えたいはずなのだ。三つ巴（みどもえ）の銃撃戦を演出したところで、死体が大量に転がるだけであり、取引にはならない。連中の懐には、一円も入ってこない。

「ちくしょう……」

カラクリを読み解く前に、まずはこの場から逃げださなくてはどうにもならなかった。クルマを置いてきてしまったのが、最大の失敗だった。スマホまでクルマの中だ。武闘派で鳴らしている渡久地とはいえ、さすがにここまでの銃撃戦は初めてだったので、あわてるあまり走って逃げてしまったのだ。

とはいえ、いまさら修羅場の倉庫まで引き返す気にはなれない。とにかくクルマだった。クルマさえあれば、今晩のうちに東京を脱出できる。関西の兄弟分を頼れば、二、三日のうちに海外への高飛びが可能だろう。あれだけバンバン撃ちあっていれば、刑事にも死傷者が出ている。警察は威信をかけて捜査をし、〈不知火会〉も〈高蝶一家〉も潰しにかかってくるはずだから、一刻も早く国外に脱出しなければならない。

「……ふうっ」

さすがに息があがり、街路樹の陰にへたりこんだ。ハンカチを左腕に巻きつけて止血しながら、あたりの様子をうかがった。倉庫街なので、人影は見当たらない。目の前は広い道路で、流通系の巨大なトラックが行き来している。普通の乗用車が走ってきたら、道路に出て停めてやろうと身構えた。サブマシンガンで脅せば、クルマくらい喜んで差しだしてくれるだろう。

しかし、いくら待っても乗用車がやってこなかった。パトカーのサイレンも聞こえないので、警察は応援を呼ぶ前に全滅したのかもしれない。夜の埋め立て地は殺伐として、静寂が嫌な汗をかかせる。

もし捕まったら……。

刑務所に入るのだけは、二度とごめんだった。渡久地はまだ駆けだしの若い衆のころ、一度だけ刑務所に収監されたことがある。半年のションベン刑だったが、地獄に堕とされたにも等しい辛酸を舐めさせられた。

看守にいじめ抜かれたのだ。所持品検査と称して、毎日のようにケツの穴に指を突っこまれた。同じ部屋の受刑者が色目を使ってきたりしたら、ためらうことなく半殺しにしたが、看守が相手ではそうはいかない。暴れれば、拘束されて独房に叩きこまれ、食事は床にこぼした味噌汁だけになる。

だからと言って、毎日毎日ケツの穴を指で掘られる屈辱は耐えがたく、土下座して許しを乞うたことまである。だが、土下座の生き恥をさらしてなお、看守たちの陰湿ないじめは続き、渡久地はもう少しで発狂してしまいそうだった。

ケツの穴を掘られるだけなら、まだいい。連中は、なにかを隠しているかを探しているのではなく、前立腺をいじりまわすのである。そこを刺激されれば、屈辱に涙ぐみながらでも勃起する。男の体は、そういうふうにできている。勃起すれば、寄ってたかって笑いものだ。

「ケツの中いじられておっ勃てちまうなんて、テメエはホモか？　普段は肩いからせて歩いてる極道が、ベッドでは可愛い小猫ちゃんなのかい？」

そして連中は、自慰を強要してくる。

「精力が余ってるから、ちょっとケツの穴いじられただけでおっ勃っちまうんだ。ここで一発抜いていけ。そうすりゃ少し楽になる」

刑務所において看守は神のようなものだから、それがどれほど理不尽な要求でも呑むしかない。渡久地は立ったまま自分のイチモツを握りしめ、しごいた。看守たち四、五人に、ゲラゲラと笑われながら……。

「出すまで許さんからな」

「ちゃんと気合い入れてやれよ」

看守たちは囃したててくるが、本当にイキそうになると、

「なにをやっとるかーっ！　刑務所で自慰をする不届き者がーっ！」

鬼の形相で怒声をあげ、全員で殴りかかってくるのだった。素手ではない。石のように硬い警棒でボコボコにされるのである。

思いだしただけで渡久地は身震いがとまらなくなり、激しい眩暈に襲われた。もう一度刑務所に入るくらいなら、死んだほうがマシだった。

死んだほうがマシ……。

そう、その覚悟さえあればなんでもできると、逆に覚悟が決まり、力がこみあげてくるのを感じた。俺は〈不知火会〉の若頭、渡久地辰夫だと自分に言い聞か

せる。上野あたりじゃ知らぬ者がいない、悪漢無頼の極道だ。人を殺めた数は、両手ではきかない。それだけの人間をあの世に送っておいて、いまさら生きることに執着するのは滑稽だ。

狂気じみた眼つきをしている渡久地の横顔を、ヘッドライトが照らしだした。やってきたクルマは、トラックではなく、乗用車でもなく、バスだった。車体が真っ赤な観光バスだ。

渡久地はサブマシンガンを背中に隠し、車道に躍りでた。バスの運転手があわてて急ブレーキを踏む。

「怪我人だっ！　開けてくれっ！」

渡久地が叫ぶと、間抜けな運転手は簡単にフロントドアを開けてくれた。サブマシンガンを構えてステップを駆けあがっていくと、前方の座席にいた女たちが割れんばかりの悲鳴をあげた。

「なっ、なんなんだ、あんたっ……」

運転手が顔面蒼白で声を上ずらせる。

「見てわかんねえか、馬鹿野郎」

渡久地は眼を血走らせながらニヤリと笑いかけた。

「バスジャックだよ」

3

ムスタングのナビに表示された時刻は、午後八時四十五分だった。約束の時間まで、あと十五分——。

「そろそろ始まるかな……」

コージは埋め立て地を覆っている夜闇に眼を凝らした。クルマは指定の倉庫の対岸、運河を挟んだ反対側に停めている。銃撃戦が始まれば、銃声が潮風に乗ってここまで聞こえてくるはずだ。

「無粋なこと言わないで」

マリアがコージの頬に手をあて、自分の方を向かせる。ふたりはキスの途中だった。いや、わざわざ後部座席のベンチシートに移動して、その先まで進もうとしていた。

コージの右手はマリアの太腿(ふともも)に置かれ、ストッキングに包まれた艶(なま)めかしい感触を楽しんでいた。肉感的な太腿の間からは、発情の証左である湿り気を帯びた熱が漂ってきている。

ふたりは昼間、銀座の百貨店で装いをあらためてきた。

コージはダークスーツに白いシャツ、マリアは銀色のボディコンシャスなミニドレスに真っ赤なハイヒール。

今夜中にも、ふたりは結婚式を挙げる教会を探すための旅に出る。言ってみれば、ハネムーンに旅立つのだから、きっちりした服が欲しかったのだ。

とはいえ、その前に金をピックアップしなければならない。血の匂いでむせかえる倉庫に立ち寄る必要があるので、マリアは銀色のボディコンを選んだようだった。

「修羅場に映えそうじゃない？　アメリカ映画に出てくるギャングみたいで格好いいでしょう？」

試着室で彼女ははしゃいでいた。ギャングみたいかどうかはともかく、元ナンバーワン・キャバクラ嬢である彼女は、派手なドレスがよく似合う。

「やくざの血が床にバーッと流れてるところを、このドレスと靴で颯爽と歩くの。お金の入った鞄を持って」

やくざの死体をよけながら、モンローウォークを披露している彼女を想像すると、コージまで痛快な気分になってくる。

「しかし、エロいな……エロッエロだ……」

コージの鼻の下は伸びっぱなしで、

「そんな格好をされると、ここで一発決めたくなってきちゃうぜ」

試着室に一緒に入って、前が大きくなった股間をマリアの丸尻に押しつけた。

女の体は本当に不思議だ。何度も裸を見ているのに、服によっては裸よりセクシーに見えることがある。

「ここじゃダメ。あとでクルマの中でしましょう」

マリアが耳に唇を寄せ、甘くささやいた。

「ああ……」

コージは完全に勃起していたのでいささか残念だったが、そこは格式の高い老舗の百貨店だったので、我慢することにした。ムスタングをゴキゲンに運転しながらも、助手席に座った彼女の太腿が気になってしようがなかった。ミニドレスの裾から半分以上露出し、コージをどこまでも悩殺してきた。

「いまは忘れましょう、あっちのことは……」

倉庫の様子を気にしているコージの顔を、マリアが強引に自分に向ける。

「どうせ始まってもしばらく撃ちあいは終わらないわよ。全員死ぬまで続けるんだから」

「そうだな……」

コージはうなずいてキスをした。たしかにしばらく終わらないかもしれないが、終わったらすぐに金を回収にいかなくては、警察がやってきてしまうかもしれない。ここは耳をすましておきたいところなのだが……。

「舐めてあげるね」

マリアはすっかりスイッチが入っているようで、ズボンのファスナーをさげてイチモツを取りだした。前屈みになってそれを口唇で咥え、生温かい舌をゆっくりと動かしはじめた。

マリアはフェラチオが上手い。舌はからみついてくるようだし、唇は吸いついてくるようだ。しかも、ただ上手いだけではなく、感情が生々しく伝わってくる。カリのくびれをねろねろと舐めながら、あるいはじゅるじゅると音をたてて男根を吸いたてながら、愛している、と彼女は伝えてくる。コージくんが好き、コージくんが好き、コージくんが好き……そんな声まで聞こえてきそうだ。

コージはすぐにじっとしていられなくなり、マリアの尻を撫でまわした。何度撫でても、果実のような丸みにうっとりする。ミニドレスの裾をまくって、尻を出す。ストッキングの下はＴバックだから、極薄のナイロンに包まれた丸みを堪能できる。

「むううっ……」

コージは不意に天を仰いだ。上手すぎるフェラの弱点は、長い時間楽しめないことだった。暴発の恐れがある、というより、マリアの場合、一刻も早く繋がりたくなってしまう。彼女が舌と唇で伝えてくる感情に、応えたくなる。俺だって愛している、と言葉ではなく態度で示したくなるのだ。

「マリア……」

尻の桃割れに指を差しこみながらささやいた。二枚の下着越しにもかかわらず、湿り気を帯びた熱が指にねっとりとからみついてきた。

「もう欲しいよ……おまえが欲しい……」

マリアはうなずいて上体を起こし、自分でストッキングとパンティを脱いだ。コージもズボンとブリーフを膝までさげて、挿入の準備を整える。

「お願いがあるの」

「なんだい？」

「後ろからして」

「ああ」

車内で立ちバックはできないから、背面座位ということになる。しかし、コージがうなずいても、マリアはもじもじするばかりで、こちらの上にまたがってこようとしない。

「どうしたんだ？」

「あのね……」

マリアは口ごもりながら言った。

「後ろって……後ろの穴に欲しいの……」

「はっ？」

コージは驚いて眼を丸くした。

「後ろの穴って、アナルセックスのことかい？」

身も心も溶けあうくらいに愛しあっているふたりでも、さすがにそこまではしたことがなかった。

「そう……それ」

しかしマリアは恥ずかしそうにうなずく。

「やったことあるのかよ?」

「ないです」

「じゃあ……」

「やったことないからしてみたいの!」

マリアは真顔になると、挑むように睨んできた。

「体全部で……コージくんを感じたいっていうか……せっかく穴があるんだから、後ろの穴にも思い出が欲しいというか……」

「……そうか」

コージは胸が熱くなるのを感じながら、マリアを抱きしめ、キスをした。アナルセックスに興味などなかったが、そういうことならやってみたいと思った。コージにしても、マリアのすべてを愛したい。体中の穴という穴に、いきり勃った自分のものを突っこんでみたい。

「乗っかるね」

後ろ向きで腰をまたいできたマリアを、コージは支えた。男根はまだ、フェラの唾液が乾いていなかった。最初からそのつもりで、いつもより多くの唾液でコーティングしたのかもしれなかった。

「コージくん、オチンチン持ってて……」

「ああ……」

言われた通りにすると、マリアは自分で位置を合わせ、腰を落としてきた。コージは息をつめ、動けなくなった。

こんな狭いところに入るのだろうか……そう思わずにいられないほど、サイズに違いがある気がした。狭いというより、入口がかたくすぼまっている。

「んんんっ……んんんんっ……」

実際、マリアも苦しそうだった。中腰のまま丸い尻を震わせるばかりで、なかなか腰を落としてこない。

「……やめたほうがいいんじゃないか？」

コージは耳元でささやいた。

「そんなに無理することはない。今度あらためて、ローションとか用意してからにすれば……」

「んんんーっ！」

コージの言葉に逆らうように、マリアが腰を落としてくる。ムキになっていることは顔が見えなくても伝わってきたが、コージにとめる術はなかった。どう考えても痛いだけのアナルセックスをしたがる、彼女の気持ちがせつなかった。空の拳銃で後頭部を撃ったくらいでは、贖罪(しょくざい)の意識が拭いされないのかもしれない。だが、それならその気持ちは、しっかりと受けとめてやらなければならない。コージにだって贖罪の意識はある。二度と彼女を離したくない。

「あああっ……おおおっ……」

マリアは低く唸(うな)るような声をあげ、肛門(こうもん)に亀頭を埋めこんだ。ズボッとカリのくびれまで入った瞬間、なにかを乗り越えた感覚があった。入口は極端に狭いけれど、奥はぽっかりした空洞になっていた。むりむりと肉竿(にくざお)が埋めこまれていくほどに、それがはっきりと伝わってきた。

最後まで腰を落としきったマリアは、ハアハアと息をはずませて、尻や太腿を小刻みに震わせた。どう見ても、歓喜の震えではなかった。痛みや苦しさを、彼女はこらえていた。

一方のコージも、顔が異常に熱くなっているのを感じていた。いまにも火を噴きそうなくらいだった。狭いところに男根を挿入していくのは、こちらはこちらで苦しいし、最後まで入ったら入ったで、根元への締めつけが尋常ではない。まるで輪ゴムできつく縛られてしまったようだ。

それでも……。

いままでとは違う、禁断の器官で繋がっている実感が、暗い興奮を呼び起こした。マリアはアナルセックスの経験がないと言っていた。つまり、アナルヴァージンであり、堂本にもここだけは犯されなかったのだ。あの男より自分のほうが、マリアの体を隅々まで征服したというわけだ。

マリアがハアハアと息をはずませながら振り返る。なにか言いたげに半開きの唇を震わせているが、言葉が出てこない。コージはキスをして、舌を吸った。唾液が糸を引く濃厚な口づけに淫しながら、マリアの体を撫でまわした。

銀色のボディコンシャスに包まれた彼女の体は、いつもよりスレンダーに感じられた。そのくせ、胸の隆起はいつもよりボリューミーに感じられるのが謎だった。

左手で乳房をまさぐりながら、右手を股間に伸ばしていく。毛のない恥丘のつるりとした感触がたまらなくそそる。いまは見えないけれど、そこには「肉便器」の三文字が彫られている。

もし大金が手に入ったら手術をして消したい、とマリアは言っていた。そのときはコージも賛成したが、いま考えが変わった。刺青を消したところで過去は消せやしない。コージがいまのマリアを愛しているなら、彼女の過去はすべて正しいのである。

そうだ！　むしろ自分こそパイパンにして、マリアと同じ場所に「肉便器」の刺青を入れてやろうか。そうやって一緒に過去を背負ってやるほうが、愛の証明になりはしないか。

「あああっ！」

指先がクリトリスに到達すると、マリアはのけぞって声をあげた。肛門に男根を咥えた彼女はひどく苦しそうで、腰を動かすこともできないでいた。なのに前の穴はしたたるほどに濡れて、割れ目をなぞりあげると、熱い蜜をたっぷりと指にからめてきた。

「あああっ……はぁあああっ……」

クリトリスの刺激に、マリアが身をよじる。ハアハアと息をはずませながら、腰を動かしはじめる。

苦しくないのか？　という言葉をコージは呑みこんだ。苦しいに決まっているので、言葉に出して訊ねることはできなかった。なにしろ、挿入しているコージにしても、根元の締めつけが痛いくらいなのだ。マリアは苦しくてなお、感じようとしている。そんな彼女を、コージも感じさせてやりたい。

「むううっ……むううっ……」

鼻息を荒げつつ、ねちねち、ねちねち、とクリトリスをいじりまわす。彼女のクリトリスは、米粒のように小さいが敏感だ。次第に身のよじり方が激しくなり、腰を上下に動かしはじめた。狭い入口で肉竿をしたたかにしごきたてられ、コージも身をよじらずにはいられなくなる。

そんな時間がしばらく続いた。

お互い黙々と、遠慮がちに動きながら、肛門性交の愉悦を理解していった。苦しいだけではないなにかが、たしかに存在しているようだった。動きは鈍く、マリアはあえぐというよりうめいてばかりいるけれど、これもセックスには違いなかった。ふたりはいま、ひとつになっていた。車内の空気が次第に濃密になっていき、男女がまぐわう淫臭が充満していく。

「ねっ、ねえっ！」

マリアの声が、車内の重い空気を切り裂いた。

「わっ、わたし、イキそうっ……お尻の穴でイッちゃいそうっ……」

正確には、クリトリスへの刺激でオルガスムスに達しそうなのだろう。だが、そんなことはどうでもいいことだった。コージは執拗にクリをいじりまわしながら、陶酔の境地に達していた。マリアがイッたら、自分も禁断の排泄器官に男の精をぶちまけようと決めた。

マリアのことが好きだった。

同棲していたときよりずっと、彼女を愛おしく思っていた。

そうであるなら、堂本に感謝しなければならないのかもしれなかった。あの男のおかげで、自分たちの愛は鍛えられた。二度と離れないという、断固とした決意をもつことができた。

「ああっ、イクッ……もうイッちゃうっ……お尻でイッちゃうっ……あああっ……はぁあああああーっ！」

ビクンッ、ビクンッ、と跳ねあがるマリアの体を後ろから抱きしめながら、コージは感極まりそうだった。もう死んでもいいと思った。これが、愛のもたらす万能感なのかと感服していた。倉庫の様子も、大金を奪う計画さえ、一瞬どうでもよくなった。

ただ、死ぬ前に射精だけはしておきたかった。

コージは座席シートの弾力を使い、下から律動を送りこんだ。オルガスムスに身悶(みもだ)えるマリアを抱きしめながら、煮えたぎる男の精を放出する瞬間のことだけを考えていた。

4

渡久地には子供のころに憧れていたことがふたつある。

銀行強盗とハイジャックだ。

どちらもできるわけないので憧れのままだったが、まさかこんな形で夢のひとつが叶(かな)えられるとは思っていなかった。飛行機ではなくバスだからいささか貫目(かんめ)は落ちるけれど、ジャックすることには変わりない。

「いいか、よく聞け」

先ほど、警察に電話して要求を伝えた。

「人質を解放してほしかったら、金と飛行機を用意しろ。これは冗談でもハッタリでもない。さっさと用意しねえと、五分にひとりずつ人質を殺していくぞ。俺はやると言ったらかならずやる」

死ぬ気でやればなんでもできるとは、このことだった。もともと尊大な渡久地であるが、警察相手に完全に調子に乗っていた。こうなった以上、やりたい放題やるまでだった。命懸けの博打に遠慮はいらない。肝心なところでビビるほどボンクラではない。

「金は番号の揃っていないドル紙幣で五百万ドル。飛行機にはたっぷり燃料を入れておけ。太平洋を渡れるくらいな」

逃亡先は中南米がいいだろう。治安が悪いかわりに政府も適当そうだから、金次第でやくざの亡命も受け入れてくれそうではないか。それに彼の地はコカインの生産地だ。うまいこと麻薬王と渡りをつけ、日本にパイプをつくれば、復活の絵図も描けるというものだ。

「チッ、ずいぶんと早えお出ましじゃねえか」

迫りくるサイレンの音に、渡久地は顔をしかめた。複数のパトカーが猛スピードで追いかけてくる。

「運転手、もっとスピードあげろっ！」

観光バスは、汐留から高速に乗っていた。渋滞する時間帯ではないので、羽田空港までノンストップで行けるだろう。ただ、パトカーに取り囲まれたら面倒だった。最近の警察は、やくざが相手だと平気で撃ってくる。

「おいっ！　窓のカーテンを全部閉めろっ！」

叫んでから、ハッとした。外から車内をうかがわせないようにするのは重要だが、もっといい方法があるのではないか……。

「待て待てっ！　やっぱりカーテンは閉めなくていい。おまえら全員、裸になるんだ。素っ裸になって、カーテンの代わりに窓の前に立て」

その観光バスに乗っていたのは、生命保険会社の女性社員――いわゆる生保レディだった。千葉にある研修センターに新人研修に行った帰りらしい。二十歳そこそこのピチピチした若い女ばかりが三十人ほど。初々しい紺やグレイのスーツ姿なのが、渡久地の眼にはひどく新鮮だった。最初は男性社員も三人ほど乗っていたのだが、速攻で叩きだした。

「脱げって言ってんだよっ！」

天井に向けてサブマシンガンを撃つと、悲鳴があがった。バスの車内は、銃声がよく響いてくれた。おかげでピチピチの生保レディたちは、先を競うように服を脱ぎはじめた。グズグズしていて生け贄にされてはかなわない、というわけだ。賢明である。

「いいかっ！　脱いだら、外を向いて窓に体をくっつけるんだ。おっぱいもマン毛も隠すなよ……おおーっと、靴だけは履いていていい。パンストを脱いだら履き直せ」

女の裸はいつだって男の眼を楽しませてくれるが、ワンポイントを付け足すとさらに魅力がアップする。アクセサリーやガーターストッキングは定番だろうし、腕時計や眼鏡(めがね)もそそる。

渡久地の場合、全裸で靴だけを履かせるのが好きだった。それも、爪先の尖(とが)った黒革のパンプスやハイヒールがいい。生保レディは、みんなそういう靴を履いていた。脱がせたままではもったいない。

「ククククッ、こりゃ最高の眺めだな……」

こちらに背中を向けて窓を塞いでいる女たちを見て、渡久地は笑いがとまらなかった。生々しい白い素肌が三十人分——この世のものとは思えないほど、エロティックな景色である。丸々とした尻や肉感的な太腿が、恐怖にぶるぶる震えているのも素敵だ。耳をすませば、すすり泣きまで聞こえてきそうである。

即興で考えたにしては、我ながらグッドアイデアだった。車内からの眺めも悪くないが、外からなら乳首や陰毛が丸見えである。そんなものテレビに映せるわけがないから、報道規制が敷かれるだろう。マスコミに黙ってもらっていたほうが、こちらとしては立ちまわりやすい。

「隙間を空けずに窓を塞ぐんだ。隙間があったら、ポリのスナイパーが俺を狙ってくるだろうが。テメエら、適当にやってたら殺すぞ。警察を脅すには、二、三人ぶち殺したほうがいいからな。しっかり窓を塞いでないやつは、殺すリストにぶっこんでいく」

言いながら、こちらに向いた尻を撫でまわしたり、揉みしだいたりする。若い女ばかりなので、ムチムチした弾力がたまらない。思わず後ろから突きあげたくなるほど、たまらない尻ばかりだ。

ちょっとやってみようか、と思った。

羽田空港には、あと二十分ほどで着くだろう。お楽しみの時間にしては短かすぎるが、この状況でぼんやりしていては男がすたる。

全裸の生保レディたちは、全員が窓に張りついているわけではなかった。人数が余って、人の後ろに立っている者もいる。ちょっとしたズルだ。前にいる同僚は乳首も恥毛も世間にさらしているのに、恥をかいていない。

「おい」

渡久地はその手の女のひとりの肩を叩いた。振り返った顔を見て、ビンゴ、と胸底でつぶやく。アイドル顔負けのカワイコちゃんだった。清涼飲料水のＣＭに出てきそうな清潔感があり、なおかつ乳房がやたらと大きい。Ｇカップはありそうだ。

「名前、なんて言うんだ？」

「……コジマリナ」

「そうか。リナちゃん、ちょっとこっちに来い。いいことしようぜ」

腕を引くと、

「ゆっ、許してください」

リナはいまにも泣きだしそうな顔になった。両手で股間を覆い、隠しきれない巨乳を恐怖に震わせている。

「そうはいかねえな。俺のズボンをおろしてフェラをしろ。拒否権などねえぞ。おまえが拒めば、俺はマシンガンをぶっ放す。おまえが死ぬのは勝手だが、流れ弾にあたるやつも出るかもしれない」

窓に張りついている同僚たちが、青ざめた顔で振り返る。渡久地の前に立っているリナに、咎めるような視線を向ける。リナはそれを敏感に察し、ますます泣きそうな顔になって身をすくめる。

彼女の見所は、巨乳だけではなかった。小柄なのにやけに腰の位置が高いと思ったら、十センチ近くある黒革のハイヒールを履いていた。背の低いことがコンプレックスのようだが、高すぎるハイヒールのせいで足元がよろめき、いまにも転んでしまいそうである。

「おっ、お願いしますっ……ゆっ、許してっ……」

リナは両脚を震わせながら失禁してしまい、車内にゆばりの匂いがたちこめていった。まわりの女たちは顔をしかめたが、渡久地はうっとりと眼を細めた。ほのかにアンモニアが香りたつ女のゆばりの匂いは、セックスの前菜として最高だ。こたえられないパフュームとなって、渡久地の嗜虐心を刺激する。

「小便漏らしたくらいじゃ勘弁しねえよ」

サブマシンガンの銃口で、乳暈をなぞった。巨乳なので、リナの乳暈は大きめだった。しかし、色は清らかな薄ピンク。若さがまぶしい。

「さっさとやらねえと、ぶち殺してオマンコにハイヒール突っこむぞ。死体は窓から放り捨てる。世間のやつらは残酷だからねえ。そんな格好で死んじまったら、ネットで伝説になるんじゃねえか。何十年経っても、おまえの死体写真は変態どものズリネタだ」

銃口で先端をいじってやると、乳首が勃ってきた。

「撃つのは心臓だ。死んでも顔がよくわかるようにな」

「ううう っ……」

リナはいよいよ耐えられなくなり、渡久地の足元にしゃがみこんだ。ぶるぶると震える手指でベルトをはずし、ファスナーをさげた。龍(りゅう)のごとき勢いで反り返った男根を見て、限界まで顔をひきつらせた。

「ううう っ……あああっ……」

それでも必死に自分を奮い立たせ、こわばった舌で亀頭を舐めてくる。生温かい舌の感触に、渡久地は大きく息を呑んだ。

いままで何万回とされてきたフェラチオだが、これほど興奮したのは初めてだった。まわりは全裸で尻を向けている三十人の若い女たち。渡久地はバスジャックをして、数時間後には大金とともに中南米に飛び立つ。命懸けのスリルに身をさらしながら味わうフェラは極上で、ねろねろ、ねろねろ、と裏筋を舌が這(は)いまわるほどに、仁王立ちの体が反っていく。

「くっ、咥えろっ……咥えてくれっ……」

リナは紅潮した顔を歪(ゆが)めつつ、亀頭を口に含んだ。可愛い顔をしていても、それなりに経験はあるらしい。頭を振り、唇をスライドさせ、男根をしゃぶりあげてくる。そうしつつ、口内でしっかり舌も動いている。痺れるような快感が体の芯まで響いてきて、もう少しで声までもらしてしまいそうだ。

我慢できなくなってきた。

そこまでするつもりはなかったのに、下の穴に突っこみたくて、腰から下がぶるぶると震えだす。男根が硬くなりすぎて、苦しくてしようがない。せめて口内射精に留めておくべきのような気もしたが、最後まで突っ走ってやることにした。この女を犯し、みんなの前でイカせてやるのだ。

「ケツを出せっ！」

リナを睨めつけながら叫んだ。リナは男根を口唇に咥えたまま、もう許してほしいと目顔で哀願してくる。

「いいか。一発出せば、俺みたいな男にだって賢者タイムが訪れる。人類の平和と繁栄を願うやさしい気持ちになって、勢いでサブマシンガンをぶっ放すような真似はできなくなるだろう。おまえはここにいる全員を助けるために、ケツを出せばいいんだよっ！」

次の瞬間、女という生き物の残酷さを渡久地は目の当たりにすることになる。

「リナちゃんっ！」

「みんなのためだから我慢してっ！」

側にいた女たちがいっせいに近づいてくるや、リナは両腕を取って立ちあがらされた。強制的に立ちバックの体勢をとらされ、渡久地に尻が向けられた。それどころか、同僚たちの手によって桃割れまでひろげられ、肛門から女の花まで剝きだしの状態にされた。リナはいやいやと首を振っていたが、両手を押さえて諭している者もいて、その体勢から逃れられない。

「どうぞ」

とまわりの女たちに言われ、

「気が利くねえ」

渡久地は苦笑するしかなかった。左手一本でサブマシンガンを胸に抱え、右手で男根を支え持つ。だがしかし、さすがにリナの花は濡れていなかった。亀頭には彼女の唾液がついているが、それだけでは心許ない。

「おまえら、オマンコに唾垂らせ」

桃割れをひろげている女たちに言うと、彼女たちは焦った顔で口内に唾液を溜め、結合部に向かって垂らした。なかには焦るあまり、「ぺっ、ぺっ」と吐いている者までいる。いい眺めだった。唾を垂らされたり、吐かれたりして、尻を振りながら悶えているリナも可愛らしい。

「よーし」

渡久地は再び男根の切っ先を花園にあてがい、狙いを定めて突きあげた。入口はともかく、膣の中は少々肉と肉とがひきつれたが、かまわず奥まで貫いていく。浅瀬で小刻みに抜き差しして馴染ませてから、ずんっ、と最奥まで突きあげた。

「あああああーっ！　あああああーっ！」

リナが悲痛な声をあげ、両脚をガクガクと震わせた。渡久地はもはや、世界を征服したような気分になっていた。武闘派やくざとして好き放題に暴れまわりながらも、これほどの万能感を味わったことは、いままでに一度もない。ビバ・バスジャック！　と胸底で雄叫びをあげながら、腰を使いはじめる。

問題は、胸に抱えたサブマシンガンだった。基本的に両手で持っていなければならないほど重いから、リナの腰をつかめない。女の腰をつかまず、立ちバックで後ろから突きあげるのはバランスが難しかった。ましてやそこは、走行中のバスの中だ。

しかし、それにも次第に慣れていった。渡久地は波乗りでもしている気分で腰を振りたて、肉の悦びをむさぼった。最初は乾いていたリナの花も、ピストン運動を続けているうちに潤んできた。女の体はそういうふうにできている。嵩にかかって怒濤の連打を打ちこめば、ひいひいとよがり声さえあげはじめる。

たまらなかった。

このまま中出しを決めても、すぐにもう一丁いけそうだった。ずぼずぼとリナを犯しながら、まわりの女を見渡した。誰も彼も、渡久地と眼が合うのを恐れていた。だが、顔をそむけたところで、獣欲に駆られた視線から逃れることはできない。リナはアイドル顔のムチムチボディだから、今度は美人タイプのスレンダーがいいだろうか。それっぽい女は、複数いた。パンパンッ、パンパンッ、と突きあげるリズムに合わせて、ど・れ・に・し・よ・う・か・な、と視線を動かす。

だがそのとき――。

唐突にバスが揺れた。車線変更をしたようだが、射精めがけて渾身のストロークを打ちこんでいた渡久地は、足を踏ん張ることができなかった。気がついたときには視界が反転し、転んでいた。床に手をつくため、反射的にサブマシンガンを離した。それがバスの床をすべっていくのが見えた。

「ちくしょう、もっと慎重に運転しやがれ……」

苦笑まじりに起きあがろうとすると、ドスッという衝撃が腹にきた。すぐ側にいた女が、思いきり腹を踏んづけてきたのだった。パンプスの踵(かかと)が、まともに鳩尾(みぞおち)に入った。息がとまり、眼を剝いている渡久地を、女たちが取り囲んだ。七人か八人、全裸の女がこちらを見下ろしている景色は壮観だったが、その顔は一様に夜叉の凄(すご)みを放ち、いっせいに足で踏みつけてきた。

「うごっ……やっ、やめろっ……」

相手は女とはいえ、本気で踏みつけられればただではすまない。しかも、ひとりやふたりではない。肝臓、膵臓(すいぞう)、膀胱(ぼうこう)……急所に次々と激痛が走り、手足を振りまわして暴れようとすると、睾丸(こうがん)にきつい一発がきた。左右の脇腹にハイヒールの踵が刺さり、肉をえぐられる。首筋の頸動脈(けいどうみゃく)に刺されれば、噴水のように血が噴きだす。渡久地は血の海でのたうちまわりながら、死を覚悟した。

いや……。

俺は悪漢無頼の極道だ。こんなところで死んでたまるかと自分を奮い立たせようとしたそのとき、こちらを見下ろしているリナの顔が見えた。表情をなくし、眼だけを白刃のように冷たく光らせていた。修羅場をくぐりつづけてきた渡久地には、殺意を抱いていることがはっきりとわかった。

「わっ、悪かった……勘弁してくれ……」

言い終わる前に、顔面を踏みつけられた。十センチのハイヒールが眼球に突き刺さり、渡久地は断末魔の悲鳴をあげた。別の女が、もう片方の眼球にもハイヒールを刺す。暴れる体のあちこちに、凶器と化したハイヒールがドスの雨のように降りかかってくる。ブスッ、ブスッ、ブスッ、と体中に無数の穴を空けられた渡久地は、両眼を潰されてなにも見えないまま、壮絶に息絶えた。

5

夜闇の中をスカイブルーのムスタングがゆっくりと進んでいく。

埋め立て地の倉庫街は静まり返り、運河には夜霧が白く立ちこめていた。満月のはずなのに、雲に隠れて見えなかった。まるで悪党どものパーティを闇のベールで覆い隠しているように、あたりはどこまでも夜の色に染まっている。

「悪くない雰囲気だ……」

コージは左手でハンドルを握りながら、右手でマリアの肩を抱いていた。銀のボディコンに身を包んだマリアの体温を感じながら、物音ひとつ聞き逃さないように耳をすましている。

やはり、静かだった。目的の倉庫の前まで来ると、見覚えのある黒塗りのアルファードが停められていたが、人の気配はしない。銃声は潮風に乗って対岸まで聞こえてきたけれど、それが消えるとすぐにクルマをまわしたので、警察もまだ駆けつけていないようだ。

ツイている。

今日はなんだか、なにをやってもすべてうまくいきそうだ。

クルマを置いて倉庫に向かった。開けっ放しのドアの向こうから、異様な臭気が漂ってきた。中に入ると、さすがに手で鼻を覆った。血の海に倒れている人間の数は、予想よりずっと多かった。取引にやってくる人間なんて、三人か四人くらいだろうと思った。〈高蝶一家〉と〈不知火会〉で合わせて七、八人。しかし目の前には、その倍以上の死体が転がっているように見える。どういうわけか女の死体まであり、いちばん損傷が激しかった。

計画通りの皆殺しだ。コージは構えていたベレッタを腹にしまった。

振り返ってマリアを見た。

青ざめた顔で身をすくめ、とても颯爽と歩く感じではない。モンローウォークなんてとんでもない。銀のボディコン姿は、血なまぐさい中で見ても艶やかに輝いていたけれど、表情は色を失っていくばかりだ。

失敗したかもしれない、とコージは思った。いくらやくざに恨みを抱いている彼女とはいえ、この光景はあまりに凄惨、しばらく脳裏に焼きついて、悪夢の源泉になるのではないだろうか。

「大丈夫かい？」

背中をさすってやると、

「大丈夫。気にしないで」

気丈に笑顔を返してきたが、さっさと踵を返したほうがよさそうだ。

金を探した。

二億円の札束ともなれば、かなり大きなトランクでなければ収まらない。それらしきものがあった。銀色のトランクの蓋を開けると、札束が詰まっていた。パッと見にも二億円よりずいぶん少ない気がしたけれど、しばらく遊んで暮らせるほどの大金には違いなかった。

「……やったわね」

「……ああ」

コージとマリアはうなずきあったが、お互いにこわばった顔をしていた。ハイタッチをしたものの、目測を誤ってクリーンヒットせず、手の端がかすっただけの間抜けなものになってしまう。

うまくいきすぎて怖い、というやつだった。どうせうまくいきっこない、とコージは心のどこかで思っていた。いくら念入りに計画を立て、それが予定通りに転がっていっても、最後の最後には足元をすくわれる。自分のような人間には、幸運の女神は決して微笑(ほほえ)んでくれない——成功体験の少ない人生を送っていたので、どうしてもそんなふうに考えてしまうのだ。

そして、それはおそらくマリアも同じだった。彼女はコージと違って、生来の美貌をもち、六本木のキャバクラでナンバーワンだったが、堂本と関わったことですっかり自信をなくしていた。

先ほど、アナルセックスを求めてきたときに思った。彼女は悔いを残したくなかったのだ。計画が失敗し、ふたりで殺されるような運命を予感していたからこそ、自分の体に残った最後の処女地をコージに与えてくれたのである。

だから……。

「おいおい……」

裏口の陰から眼つきの悪い男がふらりと現れたとき、やっぱり、と思ってしまった。最後の最後には、こういうどんでん返しが待っているのだ。裏口を確認しなかったことを後悔しても、もう遅い。

「テメエが犬飼の飼ってる小僧か？　コージとかいう……」

男は〈高蝶一家〉の蛭田だった。口をきいたことはないが、身なりに特徴がある。肩まである長髪に黒革の上下。銃弾を受けたらしく、革ジャンの下に着た白いＴシャツが真っ赤に染まっていた。口の端からも血を流していたので、まるで怪奇派のロックスターがステージに登場してきたようだった。ただし、持っているのはギターではなく、拳銃だ。

犬飼によれば、蛭田は〈高蝶一家〉の中でも、とびきり頭のイカれたとんでもない男だという。ふざけているような身なりが逆に、狂気じみた暴力の匂いを感じさせる。

「こりゃあ、テメエが描いた絵図か？」

蛭田の呼吸は荒く、壁にもたれて立っているのがやっとという感じだった。相手は手負いである。一か八か、勝負に出るしかない。

「だったらどうだっていうんだっ！」

コージは腹からベレッタを抜こうとしたが、その瞬間、足元を撃たれた。もちろん銃は抜けず、金縛りに遭ったように動けなくなった。

「やくざもんナメんじゃねえぞ。こっちは毎年グアムだのハワイだのに行って、射撃練習は欠かさないんだ。なんなら、せーので撃ちあってみるか？　この距離なら、間違いなく俺の勝ちだ」

蛭田からコージまでの距離は、約五メートル。コージには、正確に的を撃ち抜く自信などなかった。せーので撃ちあうのなんて、絶対にごめんだ。

ドクンッ、ドクンッ、と心臓が鳴る。背に腹は替えられず、すべては命あっての物種。一か八かの反撃さえできないなら、白旗をあげるしかない。

「……手打ちにしないか？」

震える声で言った。

「金は置いていく。なんならシャブも置いてってていい。だから……」

なんとなく、この結末に納得していた。自分のようなビビりは、最後の最後で幸運の女神の前髪をつかみそこねるものなのだ。計画は失敗——そこまではいい。だが、どうせなら生き延びたい。なにより、マリアに死んでもらいたくない。

「なに眠たいこと言ってやがる」

蛭田は口の端を歪めて笑った。

「テメエのせいで、うちの組は解散だ。踏みこんできた刑事を皆殺しにしちまったんだから、どうにもならねえ」

「刑事？　どうして刑事が……」

「ハッ、さすがにそこまではテメエの絵図じゃねえか。なら、犬飼のボンクラがウタったんだろうよ。やつは昨日、ガサ入れ食らって逮捕された。もちろん容疑は振り込め詐欺だが、取り調べに音をあげてシャブの件までペラペラしゃべっちまったに違いねえ……」

コージは背中に冷や汗が流れていくのを感じた。

「いいか。テメエらの運命は次の三つ以外にねえ。ひとつ、もうすぐやってくるうちの組員に監禁され、死ぬよりつらい拷問を受ける。ふたつ、その前に警察が来たら、俺はその瞬間におまえらを殺す。三つ、出血がとまらねえから、俺はそのうち意識を失うかもしれねえ。そのときは、倒れる前におまえらを道連れにする……」

眩暈がしたのだろう、蛭田は頭を押さえてよろめき、次の瞬間、殺意を露わに銃口を向け直してきた。

「やめてっ！」

マリアがコージの前に飛びだした。両手をひろげ盾になる。

「撃つならわたしから撃ちなさいよっ！　レディファーストでしょっ！」

自分が撃たれている隙に銃を抜き、反撃しろ——マリアの背中はそう言っていた。もちろん、そんなわけにいかなかった。しかし、コージがマリアの体を押しのけようとするより前に、蛭田が引き金を引いた。弾丸が空気を引き裂く音が、ひどく近くに聞こえた。顔のすぐ横を通っていったらしい。

前に立ったマリアの膝がガクッと折れ、尻餅をついた。弾丸はあたっていない。腰を抜かしたのだ。コージの心臓は、ドクンッ、ドクンッ、と狂ったように暴れている。

「はずしたのは、わざとだぜ」

蛭田は余裕の笑みを浮かべていた。

「あんまり綺麗なねえちゃんなんで、パンツを見たくなったのさ。ほう、白か。悪くはないが、カマトトだな」

下卑た笑いを浴びせられても、マリアは脚を閉じることも、ドレスの裾を直すこともできない。

　ドクンッ、ドクンッ、という心臓の音が、コージの顔をこわばらせる。異様な量の脂汗が、額から流れて眼に入ってくる。

「俺から撃てっ！」

　コージはマリアの前に飛びだした。

　もはやこれまで、と観念したのだ。観念したなら、早めにケリをつけてもらったほうがいい。〈高蝶一家〉の人間が来てしまったらおしまいだった。監禁されて拷問なんて冗談ではない。そんな目に遭うくらいなら、この場で死んだほうがよほどマシだ。マリアだってきっと、納得してくれる。男のコージが堕とされる地獄より、女のマリアが堕とされる地獄のほうが、むごたらしいに決まっているからだ。

「ククク、美しいねえ……」

　蛭田は笑っていなかった。口許に笑みを浮かべていても、眼つきはむしろ、どんどん険しくなっていく。

「だがよう、俺はそういう偽善が大嫌いなんだ。嘘つくなよ。どんな人間だって、テメエの命より大事なもんなんてありゃしねえだろ？」

　蛭田は血の混じった唾を吐いた。

「あってもらっちゃ困るんだよ。あったりしたら、俺のいままでの人生は間違っていたことになる。わかるか小僧？」

コージは言葉を返せない。

「いいか小僧、助けてほしかったら女を殺せ。女を殺して、シャブを置いてくんだ。こっちはこれから、地下に潜んなきゃならねえ。シャブでもありゃあ、潜伏生活も少しは楽しくなる」

「……女を殺せだって？」

「ああ、そうだ。銃は抜くなよ。首でも絞めて殺してみろ。そうしたら、おまえだけは助けてやる。うちのもんが来る前に、さっさと逃げればいい」

コージは息をとめ、ゆっくりと振り返った。肩越しにマリアが見えた。マリアもこちらを見ている。視線と視線がぶつかりあい、からまりあった。マリアが息を吸いこむ。声をあげてなにかを叫ぶために、息を吸いこんだのだ。

わたしを殺して、コージくんっ！

言わせるわけにはいかなかった。

「逃げろ、マリアッ！」

コージは両手をひろげて蛭田に突進した。マリアとお互い庇いあって前に出たので、蛭田との距離はもう三メートルほどしかない。できれば、撃たれる前に蛭田にしがみつきたい。体で弾丸を受けとめることになるが、その隙にマリアは逃げられる。あるいは、血の海に転がっている銃で反撃できる。

だが、蛭田は手負いでも、それほどのろまな男ではなかった。コージが突進しはじめた瞬間、引き金を引いた。時間がとまった感覚があった。拳銃は火を噴かず、カチャッ、という情けない音をたてただけだった。

弾丸が切れたのだ。

コージは笑った。蛭田も笑っていた。これほど醜悪な笑顔は、ついぞ見たことがなかった。コージはベレッタを抜き、その笑顔に弾丸を撃ちこんだ。地面に転がっても撃ちつづけた。銃声がクライマックスを盛りあげる花火の音に聞こえた。ハッピーエンドは盛大に祝わなければばならない。弾倉に収まっているすべての弾丸を使って、蛭田の顔面を跡形もなく吹き飛ばした。

静寂が訪れた。

実感がなかった。

今度こそ、うまくやれたのだろうか？

失敗ばかりの人生の中で、たったひとつの幸運をつかめたのか？

「コージくんっ！」

マリアが駆け寄ってくる。コージは抱きあげ、ぐるぐるとまわした。マリアの体は天使のように軽く、いくらでもまわしていられそうだった。

「コージくん、カッコよかったっ！　最高にカッコよかったっ！」

「マリアだってカッコよかったぜっ！」

「わたしはダメよ。腰抜かしちゃったもん」

マリアが泣き笑いのような顔になり、眼を見合わせて笑った。まわすのをやめて、唇を重ねた。

死体ばかりが転がった、血なまぐさい倉庫の中だった。にもかかわらずそのキスは、いままでしたどんなキスより甘かった。

「作戦成功ね！」

「ああ」

コージはうなずき、マリアの手を取って出口に向かった。反対側の手には、金の入ったトランクをしっかりと持っていた。

「コージくん、大好き！」

「俺だって！」

外に出ると、夜空に浮かんだ満月が狂ったように輝いていた。
イカした夜だ。
ハネムーンに旅立つには、うってつけに違いない。

本書は書き下ろしです。

実業之日本社文庫　好評既刊

睦月影郎
時を駆ける処女
過去も未来も、美女だらけ！　江戸の武家娘、幕末の後家、明治の令嬢、戦時中の女学生と、濃密なめくるめく時間を……。渾身の著書500冊突破記念作品。

む24

睦月影郎
淫ら歯医者
新規開業した女性患者専用クリニックには、なぜか美女が集まる。可憐な歯科衛生士、巨乳の未亡人、アイドル美少女まで。著者初の歯医者官能、書き下ろし!!

む25

睦月影郎
性春時代
目覚めると、六十歳の男は二十代の頃の自分に戻っていた。アパート隣室の微熱OL、初体験を果たせなかった恋人と……。心と身体がキュンとなる青春官能！

む26

睦月影郎
ママは元アイドル
幼顔で巨乳、元歌手の相原奈緒子は永遠のアイドルだ。大学職員の僕は、35歳の素人童貞。ある日突然、美少女が僕の部屋にやって来て…。新感覚アイドル官能！

む27

睦月影郎
性春時代　昭和最後の楽園
40代後半の春夫が目を覚ますと昭和63年（1988）に逆戻り。完全無垢な童貞君は、高校3年時の処女だった妻や、新任美人教師らと…。青春官能の新定番！

む28

睦月影郎
湘南の妻たちへ
最後の夏休みは美しすぎる人妻と！　純粋無垢な童貞君が、湘南の豪邸でバイトをすることに。そこにはセレブな人妻たちとの夢のような日々が待っていた。

む29

実業之日本社文庫 く65

地獄(じごく)のセックスギャング

2018年12月15日　初版第1刷発行

著　者　草凪(くさなぎ)優(ゆう)

発行者　岩野裕一
発行所　株式会社実業之日本社
〒107-0062　東京都港区南青山5-4-30
CoSTUME NATIONAL Aoyama Complex 2F
電話［編集］03(6809)0473［販売］03(6809)0495
ホームページ　http://www.j-n.co.jp/
DTP　ラッシュ
印刷所　大日本印刷株式会社
製本所　大日本印刷株式会社

フォーマットデザイン　鈴木正道（Suzuki Design）

ISBN978-4-408-55446-4（第二文芸）